二年一組　稲葉学級

わこ先生と子ども達

永尾　和子　著

もくじ

新米小学校教員

昭和四十五年四月から私、稲葉わこは二十九歳で、東京郊外の新設小学校に小学新任教員として赴任することになった。

始業式まで二週間の三月下旬、今日は職員の初顔合わせで、低いヒールの靴とスーツ姿で出かけた私は校門を入って立ち止まった。

昨夜の雨でぬかるんだ運動場には、地元の保護者が三、四十人ほど作業着姿でスコップなどを持って地ならしをしている。

つい先ほど追い抜いて行った大型トラックから降ろされる大木の葉っぱが時たまキラリと太陽を反射して、新設校の祝福をしているかのようだ。

広い運動場の向こう側にある青、赤、黄色で塗られた鉄棒と雲梯《うんてい》が朝日に照らされその眩《まぶ》しさがより私を緊張させた。

大きく深呼吸をしてから職員室のドアを開ける。

「おはようございます。新人の稲葉です。よろしくお願いします。」

できるだけ大きな声で挨拶をした。

先生達の視線を一気に感じて、誰とも目を合わすことなく深々と頭を下げた。

顔を上げると、先生達はなにごともなかったようにそれぞれに話し始めていた。

思いがけない反応にその場をすぐには動けず、職員室をゆっくりと見渡した。

コの字型に並べられた教職員の机の中央には、若手の先生達が五人、丸くなり声高らかに話し笑っている。

奥の窓際の机にはかなり先輩の女性の先生が二人で話し込んでいる。

明るく元気に飛び込んでいけない自分に焦りを感じはじめた時、職員室の前方のドアが勢いよく開いた。

「やあ、みなさん、ご苦労様です。」

がっしりした体格で長身、太く濃い眉毛に分厚い縁取りのメガネをかけた校長先生らしき人が入ってきた。二人の女性の先生は立ち上がった。

「おはようございます。校長先生、朝早くからご苦労様です。」

はっきりした口調で丁寧な挨拶だった。

校長先生は突っ立っている私を見て声をかけてくれた。

「稲葉先生ですね。もう一人新任の先生が来ますよ。」

そうっとドアが開いて、用務員の山岡さんが若い男性の先生を案内してきた。

「おう、そろった、そろった。美川先生ですね。

えーと、ま、後でいいか。お茶でも飲んで自己紹介していてください。」

と、言い残して校長先生は職員室から足早に出て行った。

「校長、テンションあがってきたぞ!」

先輩の男性の先生がぽつりと呟《つぶや》いた。

校長先生は教育委員会から派遣され、しばらくぶりの現場で新しい学校を創ることに意欲満々らしい。

それに、学区の有識者が教育委員会に陳情に行ったという噂もあり、校長先生はかなりの実力者と評判のようだ。

一緒に働く教職員にとっては大変かもしれないなどいろんな情報が耳にはいってきた。

私は二年一組の担任、二組は美川先生だ。

二人の新米教師のところに教頭先生がやってきた。

「どうですか?　新設校の第一印象は?」

私達を見上げて、教頭先生は言った。

不安を押し隠しながら私は真剣な顔で聞いた。

「今日はなにから始めたらいいでしょうか?」

「稲葉先生は高学年向きかな? ハッハ」

「えっ……。無愛想だからですか?」

教頭先生は笑いながら手をふった。

緊張もあってか、思いがけない教頭先生の言葉に自分が欠点に思っていることが口に出てしまった。

「いやいや。わからないことは先輩の先生や教務主任に聞いてくださいね。」

教頭先生は私達に言い残してそそくさと校庭に出て行った。

「美川先生、よろしくお願いします!」

私は半回転して大事なパートナーに軽く頭を下げた。

「なんだか、先行き不安………。」

思わず呟いた。

「ドンマイ、ドンマイ。僕ら、ちょっと背が高過ぎましたね。」

美川先生は私にそっと耳打ちした。

学生時代はラグビーをやっていたという美川先生は、がっしりとした体格で、背丈は、百八十センチ。

　痩せぎすで百六十五センチの私、小柄で小太りの教頭先生は二人を見上げて話しづらかったのかもしれない。

「午後からは備品の整理や全体的な作業みたいですので、とりあえず二年生の教室に行ってみませんか？」

　美川先生に声をかけて職員室を出た。

「せんせーい。」

と、用務員の山岡さんが私のところにかけよってきた。

「これ使ってください。」

　山岡さんは、エンジ色のジャージーの上下を差し出した。

「安物で申し訳ありませんが、まだ使っていませんので。

　教頭先生が言ってみてくれと、おっしゃって。」

「まあ、ありがとうございます。」

　出がけに服装は一応考えてみたものの、作業着は全く思いもよらなかった。

　初日から人に気を遣わせるような自分の不本意さを痛感しながら、教頭先生と山岡さんの好意を素直に受けた。

二階に上がるやいなや、目の前に自分の名前が飛び込んできた。

ドアの上にある黒塗りのボードに、

「二年一組稲葉学級」

と、白い文字が、それはそれは眩しいくらいくっきりと描かれていた。引き戸を開け、真新しい小さな机と椅子の整列を前に思わず背筋を伸ばし立ち止まった。

あたかもそこに子ども達が座っているかのような錯覚に襲われ、一人ひとりに目を合わせるかのように、窓際の席から廊下側の席までをゆっくりと目で追った。

教壇の前に立って教卓に両手をそっとのせたとたん、中学二年生の時の数学の先生を思い出した。

先生は黒板に白いチョークで、大きく、実るほど　頭の下がる○○かな、と書いた。

「ここは何だ？　イ・ナ・バ！」

「稲穂、です。」

「稲葉は、どうだ？」

みんな、どっと笑った。先生からの忠告であり、願望であったのだろう。

緑に光る黒板を前にした私は、そこに並べられていた四本の真新しいチョークを手に取ってみた。

黄色いチョークで一粒の稲穂を描いてみた。

もう一粒、もう一粒と私は夢中になって描き始めていた。

真新しい黒板に描くチョークの音だけが、静かな教室に響きを重ねていく。

「三十八！」いつの間にか子ども達の数になっていた。

新米教師の私には、会ったこともない子ども達を想像もできないけれど、胸にこみあげてくるものがあった。

黒板いっぱいにたわわに実った稲穂を描き上げた。

窓から差し込む夕日に照らされ、黄金に輝く黒板と対面した私は、明日会える子ども達三十八人に思いをはせた。

名簿を片手に、垂れ下がる稲穂の一粒一粒に子ども達の名前を書き込んでいった。

それから、「よろしくお願いします！」と、大きな声を出して彼等にお辞儀をした。

子ども達との出会い

四月七日は始業式。

私は美川先生と校門を入ったところに小さな机を並べて、印刷された名簿を両手で押さえ、自分の名前を探してやってくる子ども達を待ち構えていた。

門を入った左右には木で組み立てられた枠に、二年生から六年生までのクラス分けの名前を書いた大きな白いラシャ紙が貼られている。

低学年と転居してきた子どもは親子連れで名前を探し、新しい先生を遠くからさりげなく、真剣に観察している。

全体の三分の二は近くの小学校から転入してきた子ども達だ。

昨日まで降っていた雨は上がったが、運動場には水たまりがあちらこちらにできて子ども達の飛び跳ねる元気な声が新設校に響き渡る。

担任の先生を先頭に子ども達はそれぞれの教室に向かった。

箱物のようだった校舎に、子ども達のみなぎるエネルギーが息を吹き込む。

私の後ろからついてくる子ども達の、おしゃべりや笑い声に、今まで体験したことのない高揚感に包まれた。

「あっ、あそこだ！」

二階への階段を上がりきってすぐ、男の子が叫んだ。

子ども達にとっても、新しい学校のはじめてみる教室は興味津々だ。

引き戸を開けると、太陽に反射するかのような真新しい机と椅子が教室いっぱいに整列している。

黒板には、子ども達にあてたメッセージと、たわわに実って垂れた黄色の稲穂に、ピンクと青のチョークで子ども達の名前がカラフルに可愛く書かれていた。

子ども達は稲穂の一粒に自分の名前を見つけては大はしゃぎ。

そして机に自分の名前を見つけて座った。

近くの二校から転入してきた子ども達が二十一人、転居してきた子ども達が十七人で初対面も多いためか、意外と静かにスムーズに全員席に着けた。

ゆっくりと全体を見渡し、可愛い子ども達のはじけそうな顔を前に、こわばった自分を笑顔にと意識しながら、小さく深呼吸を繰り返した。

「質問があります！」

一人の女の子が手をあげた。

廊下側から二列目、前から三番目、私は急いで黒板の稲穂に目をやった。

「雅子ちゃん、どんな質問ですか？」

「黒板の真ん中あたりに、黄色いチョークで『わこ』って書いたのがありますが、先生の名前ですか？」

「見つけてくれて、ありがとう！」

教室はちょっとざわめいた。なんとなく気になっていた子ども達がいたようだ。

「わこ先生！　て言うの？」

男の子のちょっとぶっきらぼうな呼び方が、緊張気味だった教室に笑いを巻き起こした。

一瞬私は、どう対応してよいかわからなくなった。

「……それでは、自己紹介をしましょうか。」

少し大きめな声に三十八人のキラキラした瞳が一斉に私に集中した。

「私の名前は、稲葉わこ、です。黒板にはみなさんの名字でなくて下の名前を書きましたので、私も、『わこ』と書きました。

竜一君から『わこ先生』って呼ばれて、嬉しかったです。」

胸の高まりとは反対に、どこか棒読み風の自分の声が気になった。

稲穂の中に自分も入れたいと思いついたが、自分の名前に「先生」と記入するのはとてもためらってしまったのだった。

「年は二十九歳ですが小学校の先生としては、新一年生です。みなさんと一緒にがんばります。よろしくお願いします。」

年齢の割には新米教師であることの子ども達の反応は冷静であった。きっといろんな情報が前もって流れているのかもしれないと内心ほっとした。

「自己紹介では、自分の名前、前の学校の名前と、二年生になって頑張ってみたいことを、お友達と先生にちゃんと伝えてください。

そうそう、お気に入りのニックネームがあったら教えてくださいね。」

子ども達は順番に起立しながら笑顔だったり緊張してつまったり、頑張りたいことがなかなか出てこなくて首を左右に傾ける。

全身からにじみ出てくる一人ひとりの表情に私は引きずり込まれていった。

その素敵なプレゼントに、どこか心細かった心がじわじわと熱くなっていくのを感じるのだった。

夫の気持ち

始業式を終えた日、夫はいつもより少し早く九時ごろに帰ってきた。

「どうだった？」夫も仕事の合間に心配してくれていたのだと嬉しかった。

「子どもって、可愛いだけじゃなくて、それぞれにいろんな考えを自分のなかで育てていくのね。今まで思っていた子どもという概念が、今日一日で崩れてしまったわ。

自分がテストされる一年になりそうで怖い！

漢字の練習を毎日やりたいとか一人ひとり言い方は違ったけれど、学校ではみんな勉強をしっかりやりたいのね。自分の持っているものを伸ばしたいのよ。

初対面の私に、一生懸命考えて真剣な顔で言ってくれるのよ。

みんなの願い絶対叶えてあげたいと、子ども達の顔を見ながら思ったけど、だんだん自信がなくなってきたわ。」

テーブルに着いた夫を前にすると張りつめていたものが吹き飛んだようにしゃべり始め

た。今まで自分からこれほど夫に語りかけたことがあっただろうか。

目を丸くして聞いている夫にはっと気がつき、お茶を一気に飲みほした。

自分でも収拾のつかない不思議な自分の一面を見ている気がした。

「何か、お仕事やってみたらどうですかね？」

不妊治療でお世話になっていた医者から言われたのは、三年目のことだった。外で子どもを見ても親戚に赤ちゃんが生まれても、夫婦の間ではどこか話題は弾まなかったと感じていた。

団地の二階に引っ越してきて間もなくのことだった。子どもの走る音を気にして声をかけてくれた上の階の奥さんと四歳の坊やと一緒に、近くの気象大学の庭に遊びに行った。

広い芝生を駆け回る坊やを眺めながら、思わず私はぽつりと言ってしまった。

「何か仕事を持った方がいいと、お医者さんに言われたんですよ。」

突然の告白に、奥さんはびっくりして私の横顔を見たがすぐに、前を向いて、しばらくしてから言った。

「そうだったの……。稲葉さん、前にここに来たとき、趣味はプラネタリウムって言ってなかった？　ここの学校で、事務員募集しているわよ。」

早速履歴書を持って気象大学の事務室に行った。

女性事務員の案内で奥の方に連れて行かれた。

椅子に座って待っていると五十代半ばの男性が履歴書を手に持ってやってきた。

「今までお仕事をされたことは、ない、です、ね。」

その男性は眼鏡越しに目を合わせながら、テーブルをはさんで椅子に座った。

三十分間の面接が終わった。

二日後、自宅のポストに「今回は採用を見送らせていただきます。」と書かれた封書が入っていた。

出勤時間や仕事の内容などかなり詳しく説明してくれて、帰りがけに声もかけてくれた面接官の、

「気象関連の書類の分類ですが、慣れれば簡単な作業ですよ。」の言葉がしばらくは耳から離れようとしなかった。

それから一週間後の日曜日の朝、私は思い切って夫に宣言したのだった。

「私、一年間勉強して教員採用試験、受けてみる。」

不妊治療を続けている二人にとって、子ども関係の仕事は話題にしたくなかった。夫の

転勤もあると思っていたが、挑戦してみたいという気持ちがわいてきたのだ。

それからは家事を手早く片付け、たっぷりある時間を分厚い問題集と向き合った。

そして二年後、三十八人もの子ども達に出会えたのだ。

今まで発したことのない声とこぼれる笑顔、新たな自分の誕生に胸のときめきが溢れ出そうだった。

始業式の日、受付に時間ぎりぎりに来た転居組の親子がいた。

教頭先生に案内されてきた親子は、人数合わせで私のクラスの列に並ばせられた。

ふと気がつくと、そのお母さんは女の子の手を引いて二組の美川先生の列の最後に移動していた。

引っ越してきて、駆けつけてきた新しい学校で、これから一年間お世話になる先生を考えたときのとっさの、母親の判断であろうと一瞬目を見開いた。

その親子と目が合わないよう、私は何事もなかったかのように意識した。

後二名の転入予定があると聞いていたが、次の転入生はどうぞ、私のクラスにすんなりと来てもらえるように、こっそり笑顔に慣れる自分磨きに闘志を燃やした。

新設校だからこそのできごとは、教頭先生にも美川先生にも、夫にも言えない秘め事となった。

体育の時間

体操服に着替えた子ども達は一斉に運動場に飛び出していった。

信二君、雄大君、そして清治君も元気に教室から出たことを確認してほっとした。

彼等は休み時間は窓辺で、お互いしゃべることもなく、にぎやかな運動場を見つめているのだ。

二時間目の休み時間は十五分で、運動場にはたくさんの子ども達が遊んでいた。

初めての体育の授業、私はいくつかのチャレンジしたい試案があった。

三時間目のチャイムがなって、運動場には二年一組の子ども達だけが残った。

「一、二、三、四！」

私に続く子ども達のこだまするような掛け声で準備体操が始まった。

「さあ次は、みんなで運動場を二周します！

でも、今日だけは、先生を追い抜いてはいけません。」

「どうして、先生を追いこしてはいけないのですか？」

竜一君が、すかさず聞いてきた。

「今日はかけっこの競争ではありません。

これからずっとお世話になる運動場にご挨拶をするのです。

走り具合はどうかな？

走るのが速くなるように、がんばりますって。」

「ええっ～。」

子ども達には、私の言っていることが全く理解できなかった。

走るのが速い遅い、勉強ができる、苦手、一年間一緒に過ごせばお互い認識せざるを得ないことがいっぱい見えてくる。

それは当たり前のことであり、素晴らしいことでもある。

だからゆっくり、子ども達を見ていきたい。

子ども達と一緒に楽しめることは大切に大切に育てたい。

そんな自分の小さな我が儘《まま》に戸惑う子ども達が、無性に可愛く思えてきた。

子ども達は、先頭を行く私の走りについてくる。

もくもくと自分のペースを保って走っている子も多い中、わざとびりについたり、先生に並んで笑顔を向けたり、自分の気になる友達の横で走ったりする子もいる。

しかし、飛び出して行く子はいない。

走り終わって、子ども達は体操座りで整列した。

久しぶりの走りに少し息を荒げながら、にっこり話しかけた。

「みんな、余裕の走りでしたね！

花丸！　拍手！」

先生の拍手につられて、子ども達もそれぞれに手をたたいて満足気だ。

竜一君が手をあげた。

「こんどは、先生と競争してもいいですか？」

もう試練が始まった。

ここ十年くらいまともに走ったことがないことに気がつき、即答できない。

二年生の竜一君と百メートル競走をして、負けることがあるのかな？

一瞬の逡巡《しゅんじゅん》には、負けたくない自分があった。

正直な自分をだして、正面から子ども達と向かい合っていこうと決心していたはずだったが、その時その場の子ども達の思考や行動への対応は瞬時の判断を要する。

楽しくもあり、スリルもあるが、たまらなく愛おしくもなってくる。

「竜一君、走るの速そうだな。がんばらなくっちゃあ。」

彼は満面の笑みで応えてくれる。

「今から、マットででんぐり返し、跳び箱は三段から跳んでみます。跳び箱は、みんなが三年生になるころには、跳びたいと思う段が必ず跳べるようになりますよ。」

「え？　えぇ～。」子ども達はざわついた。

「五段でも跳べるかな？」

最前列に座っていた信二君が、眩《まぶ》しそうに私を見上げながら呟《つぶや》いた。

そして子ども達は、十段も、八段でもと、具体的な数字を出してきた。

「跳ぶのが、上手！　といえば、何を思い出しますか？」

とっさの質問に、かえる、猫、犬、ライオン、鳥、そして、オリンピックの体操の選手までできた。

次々に思いつくものを叫びながら試行錯誤していく目の前の小さな集団が一つになっていく瞬間を目の当《ま》たりにする。

子ども達の真剣さと閃《ひらめ》きが自分を奮い立たせてくれる。

「じゃ、今から五分、自分は何になったら一番上手に跳べるか、それぞれ試してみてください！」

私の大きな声に子ども達は運動場に散って行った。

しばらくして、何回かのホイッスルでようやく子ども達は集まった。

「あそこに、五段の跳び箱があります。

さあ、スタートラインに立ちました。

ここで、みんなはどんなことを思う？

跳ぶぞ！　成功したい！　↓　一生懸命走る　↓　踏切板で、えいっ！　ジャンプ　↓　跳び箱のできるだけ遠くに両手をつく　↓　マットに跳び下りてバランスをとる　↓　跳べた！」

子ども達は、その時の気持ちまで盛り込みながら、一段でも高く跳びたいんだよと訴えるように全身で表現してきた。

昨夜、シミュレーションをしていた授業のプロセスが浮かんできた。

指導内容を吟味して、目標の単元を時間内にクリアーしていくためには、子ども達に、何を、どのように教え、理解してもらうか、そして、その結果を記録していく。

分刻みで授業計画を練り上げて臨んだ授業であった。

初めての体育の授業は、子ども達がもっている本来的な資質やエネルギーの豊かさを見せつけられた一歩でもあった。

「運動場にも、鉄棒、雲梯《うんてい》、ブランコ、タイヤ跳びなど、跳び箱が強くなる遊具もたくさんあります。

お天気の良い日の休み時間は、みんな運動場に出て遊びましょうね！」

子ども達が一目散に教室に走ってもどる後ろ姿を見送りながら、胸の熱くなるのを感じ青い空を仰いだ。

それから、全速力で走って、子ども達のなかへ紛れ込んだ。

その日のお昼休み、給食を終えた子ども達はみんな運動場に飛び出して行った。

雄大君の逆上がりを補佐していると、数人の子ども達が叫びながらかけよってきた。

「先生、信二君が、雲梯《うんてい》から落ちたよ。泣いているよ。」

走って行ってみると、右腕がダラリと垂れている。

大勢の子ども達に取り囲まれたなかで、信二君は、雲梯から落ちたその場に、ひざまずいた格好でひくひく泣いていた。

その力なく垂れた右腕の異様さに、子ども達はことの重大さを感じ、駆け寄ってもあげられない不安な眼差しで、助けを待っている。

教頭先生の車に、美川先生がしっかりと抱きかかえて乗せてくれ、近くの医院まで連れて行ってくれた。

信二君の家に電話をすると、おばあちゃんがでて、大きな声で信二君のお母さんを呼んでいる。事情を説明していると、すぐそばで心配するおばあちゃんのようすが、受話器を通して伝わってくる。

医院に駆けつけてみると、右腕を分厚いギブスで固定された小柄な信二君は、ベッドにちょこんと座っていて痛々しかった。

「信二は、昨日はとても喜んでいたんですよ。わこ先生と雲梯をして、はじめてはしっこまで行けたって。」

右腕複雑骨折、全治二か月と診断された。私は血の気が引いて体の力が抜けていくのを感じた。

昨日のお昼休み、信二君は私に体を支えてもらいながら、雲梯の楽しさを知ったばかりだった。

自分から挑戦してみようとした信二君をほめたかったが、言葉にならなかった。

信二君の肩を軽くさすった。

「痛かったでしょ。助けてあげられなくて、ごめんね。」

信二君とようやく目を合わせ気持ちを伝えることができた。

お母さんの話を聞きながら、信二君の勉強が遅れないようにしっかりサポートしていかなくてはと、気を引き締めた。

信二君が跳び箱の三段に挑戦したときの姿を思い浮かべていた。

スタートラインに立った信二君からは、「やるぞ！」という気迫を感じた。

握った拳でかまえ走り出した。

「スピードを上げて！」

私は信二君に声かけした。

踏切板の前で信二君は立ち止まりそうになった。

「さあ、跳び箱を両手で思い切りたたいて、はい、ジャンプ！　跳び箱に馬乗り！」

掛け声に追っかけられるように、信二君は両手を跳び箱についてちょっと引っかかったお尻を前にずらせて、マットに着地した。

「できた！」

私が叫んで両手をパーンとたたくと、数人の子ども達が拍手をした。

信二君の必死さがみんなにも伝わったのか、信二君の後に続く子どもたちは軽々と三段を跳んだ。

「あの状況でよかったのだろうか？」

信二君はみんなの良きお手本になったが、すいすい跳べていく友達をどんな気持ちで見ていたのだろう。

それが、自分の上達への足掛かりにできるような子どもになってほしい。

「みんな、跳ぶ前にどのようにしたらうまく跳べるか考えてみたと思います。跳んでみてわかったことがありますか？」

美和ちゃんが手をあげた。

「スピードをつけて走ると、高くジャンプできて、跳び箱の遠くに両手をつけたので簡単に跳べました。」

「はい！　先生！」

美和ちゃんの完璧な説明に感心しきっていると、良太君がアピールしてきた。

「結局、度胸と、瞬発力と、筋力がいります。」

「ええええっ、どうしてそんなすごいことを知ってるの？」

「お母さんがいつも言ってるからだよ。お兄ちゃんと公園に行ったとき、お兄ちゃんはなんでもすぐ怖がるから。」

子ども達はどっと笑った。

「良太君より、たっちゃんのほうが頭いいよ。」

良太君の家の隣に住んでいる美和ちゃんが言うと、もっと、大きな笑いになった。

信二君はこの間、どんなことを感じていたのだろう。

雲梯《うんてい》で手を滑らして複雑骨折は悲惨すぎる。

跳び箱五段を跳べるようになりたいと目標ができた信二君にとっては、新しい課題がみえてきていたのかもしれないと振り返る。

子どもの成長には、思いがけない試練もついてくることを知ったその日は、長い長い一日となった。

ホームルームの行方

「二年生になって二週間が過ぎましたね。

お友達と一緒に遊んだり、いろんなお話もできるようになったと思います。

ところでみなさん、二年一組の先生のことは少しわかってきましたか?」

神妙なようすで私の話を聞いていた子ども達は、急に肩の力を抜いてきた。

「わかってきた！」

すかさず、竜一君が声をあげた。

「わかんな～い！」

雅子ちゃんが低めの声でぽつりと言った。

「竜一君の答えと雅子ちゃんの疑問を受けようかな？」

にっこりと二人を促すと、竜一君は立ち上がった。

「先生は体育が上手だと思いました。」

「ありがとう！　体育は大好きです。ドッジボールはちょっと自信があります。」

こんな自慢をしたら、子ども達の標的にされるなと思いつつ、コートの中で窮地に追いこまれている自分を想像していた。

彼等がどんな作戦で協力してくるか、それも楽しみだ。

「ところで、雅子ちゃんの質問は？」

「先生がどうして宿題を出さないのか、意味がわかりません。

お母さんも言っていました。」

「そ～お、その日学校で習ったことを、お母さん、お父さん、おじいちゃん、おばあちゃん、誰かに話していますか？

国語、社会、理科、算数は教科書を読んで、体育、図工はその時間やったことを、音楽があった日は一曲でいいから歌って見せようって。

この宿題は………。難しすぎたのかな？」

自分の言葉が虚しい言い訳に聞こえてくる。

「五時間あった日でも、一個だけでもいいですか？」

さっと手があがって、清治君が恥ずかしそうに、でも笑みを含ませ、私を見つめながら言った。

「もちろん！」

私は力強く答える。

自分から手をあげたことのない清治君だが、少し紅潮した顔は生き生きしている。

「昨日はお母さんが仕事で忙しかったので、おばあちゃんに、『そらいろのたね』のところを読みました！」

そのきっぱりとした声に、思わず目を見張った。

短期間とはいえ、自分が感じてしまっていた子どもへのイメージに、ショックをくれた清治君。

その清治君の毅然《きぜん》とした態度はきっとクラスの子ども達の心にも響いたと思った。

子ども達がどんな状況下で自分の宝物を見せてくれるか。そしてそれは、この小さな集団のなかで、担任の想定を超えたエネルギーとなってお互いを刺激し合っていく。そんな小さな瞬間をなんどか経験した。

決してみんなが同じペースで進まなくていい。

一年で結果を出せるものを持つ子もいるだろうし、十年で華を見せる子もいるだろう。だからなおのこと、一人ひとりに成長していく自信を見つけてほしい。

子ども達の未来の一片に、自分の言葉が、行動が関わっている。そんな現状を子ども達とのあわただしい毎日の中で、はっと感じさせられることが多々ある。

子ども達の目であったり言葉や態度であったりと、常に自分に向かって発してくれる日々のサインを感じ受け止められる自分でありたい。

子ども達の新しい面を発見し、刺激され、いろんな課題や感動を与えられる毎日。その中で右往左往《うおうさおう》する自分が、子どもとの距離をつくってしまっているのではないかと気がかりになってくる。

決められた教科を教える時間でない「ホームルーム」、だいぶ子ども達との会話に慣れてきた私は、「教えてもらう時間」でありたいと望んで迎えた。

だから尚更のこと、いつもと違う秘めた意欲を感じさせる清治君の話を聞きたい。

「おばあちゃんは、どんなことを言ってくれましたか？」

即座になにか言おうとした清治君だったが、ちょっと間をおいて、私と目を合わせてから口を開いた。

「ほめてくれた。」

その崩れ落ちそうな笑顔から、おばあちゃんの最大級のほめ言葉が伺える。

「そう！　清治君、お話し言葉のとこ、特に上手だものね。」

「折り紙も教えてくれた。」

清治君は小さな声だがしっかりと被せてきた。

「あら、もしかして、すごく飛ぶ飛行機とかも折りましたか？」

私はぴんときた。

清治君は、「そらいろのたね」の主人公のゆうじ君が野原で飛ばしていた紙飛行機のように、とてもよく飛ぶのが折れるようになったのだった。

「いいなぁ～。こんど国語の時間に先生やみんなに教えてくれる？」

清治君は首を大きくたてにふった。

「じゃあ今度、清治君によく飛ぶ紙飛行機の折り方を教えてもらいましょうね！

そしてみんなで、ゆうじ君になって飛ばしてみましょうよ！」

子ども達のあまりに大きな歓声に、思わず口に人差し指を当てて静め、ゆっくり全体を見渡しながら問いかけてみた。

「もう一つ、先生からのお願いがありました。覚えていますか？」

子ども達は、きょとんとした。

「お日様の光をいっぱい浴びて、元気に遊び、ちゃんと食事をして、九時までには寝る。のお願いでした。」

子ども達に話しかけながら、自分の目標が、思いが、まったく彼等に浸透していない虚しさを感じてきた。

「みなさん、ちょっと目を閉じてください。

質問をしますので、黙って手をあげてくださいね。

一つ、朝起きたら『おはよう』、夜休む時は『おやすみ』が言えている人？　五人いた。

二つ、今日、朝ごはんを食べてきた人？　約半数。

三つ、昨日の夜は九時に寝れた人？　ゼロ。

四つ、今日の時間割を自分でそろえられた人？　約半数。

五つめ、一日一つでもいいから、お家のお手伝いができている人？　十人。

はいっ。ありがとう！　目を開けてください。」

子ども達は静かだった。

「先生、数えたの？」

「はい、竜一君。しっかり数えましたよ。」

「へえぇ〜。」

その声にはちょっとがっかりしたような気配がした。

学校での子ども達の生活は、クラスの時間割と年間行事を中心にでバランスを考えて組まれている。

感性や生活体験は十人十色とはいえ、子ども達は、学校では毎日同じメニューをこなしている。

学校のなかでは、クラス分けやグループ作り、クラブ活動など、子どもにとっての様々な出会いは思いがけない刺激となる。

子ども達の人間形成は、子ども自身では選択できない環境のなかで、大人が計り知れないところでも刻々と育まれていく。

どんなところに放り込まれても、自分をもって生きられる逞《たくま》しさは必要である。

体験、判断、選択、行動、この世に生まれてきた時から喜怒哀楽を織り込みながら自分を築いていく。

まだ八歳という三十八人に向かい合ったとき、彼らの理解度、反応の一人ひとりの違いをことあるごとに痛感する。

それをどのように受け止めて、彼等と共有し進んでいくのか。

その子のもっているものを伸ばしたいとき、最大限に伸びてくれるのは、クラスがどういう状態の時なのか。

この一年、一日の三分の一をこの子ども達と過ごすことになる。

全てに成長著しい子ども達の貴重な人生の一時期を思えば、共に過ごすと言うことは怖いくらいの責任が伴うことでもある。

学校での生活をより生かしてくれるのは、子ども達それぞれの家庭だろうか。

そして、同じようなことを、親は学校に期待するのかも知れない。

「家に帰ったら、学校ではできないこと、自分がやりたいことを見つけて、どうしたらうまくいくか、楽しくなるだろうかと考えて、やってみてほしいの。

これが、先生のお願いであり、う～ん、これぞ、宿題かな。」

子ども達は無表情で無言で聞いている。

私が一番願っていることを、なかなかわかってくれない子ども達を前に、自分の熱意が空回りしている現実を痛感させられる。

自分をはなれたときに、学習も、友達関係も共に歩いた一年がしっかりした踏み台になって、また新しいことを吸収できていかなければならない。

それは、彼等の人生から決して消すことのできない一年となるわけだから。

この教室で、伝えたいこと、覚えてほしいこと、考えてみたいことなどなど、自分なりの授業を懸命に取り組みたいと思う。

しかし、これまで培ってきた三十八人それぞれの違った基盤での受け皿は想像以上なのだと迷路に入ってしまった気分だ。

私は、家族構成、家庭環境、幼児期の体験、健康面や成績など、子ども達と会う前に引き継いだ資料になんども目を通した。

子ども達は、二年一組のスタートラインに立った。

ここからどれだけ彼等が成長し、自信を持って、次のステップに立てるか、それは自分自身への挑戦でもある。

子ども達と過ごしはじめてから、声をかけられたり、笑いかけてきたり、泣きじゃくったり、すねて動かなくなってきたりと、毎日深い眠りにつくまで、三十八人の子ども達のことがいつも頭から離れない。

どんどんと彼らの虜《とりこ》になっていく。

子ども達が、学校で常に、それぞれのニュートラルでポジティブにいられるためにはどうしたらいいのだろう。

答えの見つからないもどかしさの中で、ある日、もっと謙虚に子ども達に耳を傾けることを、ホームルームで教えられた。

その日の放課後、教卓の前に帰り道が同じ方向の竜一君と良太君と美和ちゃんがにこにこしながらやってきた。

「僕、二重跳びが二十回跳べるように練習してきます！」

「すごいね、良太君、縄跳びチャンピオンだね。」

「私、九九を全部言えるようにします。漢字も少し練習します。」

美和ちゃんは私の目を見上げながらしっかりとした口調だ。

竜一君も話したくてたまらないようだ。

「僕ね、今日と明日は従妹のところに泊まるんだよ。華ちゃんが九九がちゃんと言えるように教えてくれるんだよ。」

「そう、お父さんは竜一君が一生懸命勉強していると安心してお仕事出来るわね。」

「お父さん、九州の福岡県に出張なんだ。」

「ほんと！　先生の生まれたとこだわ。」

三人はびっくりしたようで、それからとても満足そうに教室を出て行った。

ところが子ども達の行列はまだまだ続いた。

多くの子どもは、算数と国語の教科書を持っている。教科書を開いて考えこんでいる子もいる。

自分の宿題を先生と相談して決めたいという気になったようだ。

勉強の習慣がついている子もいるが、そっと背中を押して見守ってあげる貴重な喜びを教わった。

清治君の紙飛行機

きっと、緊張感と期待でこの時を待っていたのだろう。清治君の生き生きとした目と少し紅潮した頬がそれを物語っていた。

休み時間に、子ども達と机と椅子を後ろにずらして、教室に広い空間をつくった。

「国語の時間に何するの？」

子ども達は、広くなった教室がとても楽しそう。

チャイムが鳴った。用意された教材を各自持ち、班ごとに縦に並んで体操すわりでスタンバイしている。

何が始まるか、子ども達は真剣な表情で待ち構えた。

そこで、大小色とりどりの紙飛行機の入った透明のビニール袋を持ち上げてみんなに見せた。

「清治君とおばあちゃんで、こんなにたくさんの紙飛行機を折ってくれました。みんなの分もあるそうですよ。お昼休み、運動場で飛ばしてみましょう！」

子ども達は歓声をあげながら、清治君を見た。

「清治君、この中からお気に入りのを、二機、飛ばしてみてください。」

清治君は、さっと出てきて、教卓に選んだ二つを並べた。

まず、後ろの掲示板を目がけて一つ目を勢いよく飛ばした。

それは、真っ直ぐ飛んで、教室の後ろの壁に貼ってある紙に当たり、しゃかっと音がした。拍手がおきた。

二つ目の紙飛行機をもった清治君は、運動場側の窓のほうに向かって右腕をカーブさせるように飛ばした。

子ども達の頭が一斉に動く。首を動かしながら、紙飛行機を追った。

大きな円を描きながら天井近く飛んだ紙飛行機は、教室の後ろのドアの所に、ポタッと落ちた。

清治君の凛々しい、かっこいい飛ばし方に、大きな拍手がおきた。

加奈ちゃんはさっと立って、二つの紙飛行機を拾って教壇のところに行った。達成感で放心状態の清治君に、

「ありがとう！」と、大きな声で労った。

清治君は加奈ちゃんから紙飛行機を受け取りながらとても嬉しそうだった。

「そらいろのたね」の主人公の、ゆうじ君の模型飛行機は、いろんな動物を巻き込んだドラマになっている。

清治君の紙飛行機も素敵なドラマを生み出してくれる。

「そらいろのたね」のお話では、野原で楽しそうに模型飛行機で遊んでいるゆうじ君にキツネは「そらいろのたね」と交換してもらうことができた。

子ども達は、ゆうじ君の気持ちを理解できるだろうか？

ゆうじ君はどんなことを思って自分の宝物の模型飛行機を、「そらいろのたね」と交換したのだろう？

ゆうじ君の優しさでキツネは模型飛行機を手に入れ、ゆうじ君の蒔いた種は、素敵なお城みたいな大きな建物になった。

そして、森の動物や町中の子ども達が住むことになった。

子どもだけでなく大人の世界でも、瞬時の判断、決心、行動力など、ゆうじ君とキツネの関係は多くの示唆を含んでいる。

この課題から、子ども達に最も伝えたいことはなんだろうと考えた。

ゆうじ君の優しさと、キツネのように身勝手なことをしているとどのようになるか。子ども達は、このお話からしっかり読み取ることはできると思う。

だが、内容を把握できることと、感性が育まれることはどうなのか、その違いと関連性に興味があった。

悪いこととはわかっていながらやってしまう弱さはどこで芽生えてくるのだろう。

個々のその糸を、手繰り寄せることはできないが、私にとって、このお話のゆうじ君は少し詮索してみたくなる魅力があった。

ゆうじ君は、キツネから、模型飛行機を欲しいと言われても、すぐにあげたのではなく、「そらいろのたね」との交換を提案されてから応じる。

ゆうじ君が小学校高学年としても、「そらいろのたね」を見せられて、交換する気になったのはどうしてだろうか。

ゆうじ君は、「そらいろのたね」を蒔いて、毎日水やりをするが、それまでの生活体験に、植物を育てる喜びがあったのか。

また、ゆうじ君は、その日あったことを、家族に素直に話せることが伺える。

この単元では、キツネの身勝手さを強調するよりも、ゆうじ君の自立心、判断力、行動力、優しさを、子ども達と共有してみたいと思った。

（いじめられたら、どうしよう。いじめられないようにするには、どうしたらいいか。）を、想定して考えるより、子ども達にたっぷりゆうじ君になりきってもらおうと思った。

「そらいろのたね」から大きくなっていった家が、たくさんの動物や町中の人達を楽しませた。その楽しさを、じっくりと子ども達にも体験してもらいたくて、劇風にやってみることにした。

子ども達から登場人物を聞きだし班ごとに分けた。

子ども達は、台本を片手に、ゆうじ、キツネ、ナレーション、動物、子ども達になり、ざわざわしながらもはりきってやっている。

自分の役が終わると、

「ゆうじ君、すてきな家だね。」

と、だんだん大きくなっていく家に入る。

子ども達は両手をつなぎながら、「そらいろのたね」からできた家が大きくなっていくようすを楽しむ。

みんなで住める喜びが顔にあふれている。

輪が大きくなっていくなかで、そのうち壊れなければならないスリルを感じて落ち着かない子どもも出てきた。

ゆうじ君から模型飛行機を手に入れたキツネは、交換した「そらいろのたね」が、みんなが楽しそうに住んでいる大きな家になっていることを、ゆうじ君から聞く。

「飛行機は返すから、この家は、ぼくに返してくれ。」

キツネが家を取り戻しに来たとき、子ども達の大きな輪はどのように崩れていくのか。にこやかに眺めることにした。

キツネ担当班の四人が、子ども達の輪でできた家に入って、窓とドアを閉め鍵をかけた。

「もう少しで、『そらいろのたね』から出来た家はお日様に届きそうになりました。」

このナレーションで、しっかりと手をつなぎ合った子ども達は、次におこる結末を待ち構えている。

「あぶない！　お日様にぶつかるぞ！」

ゆうじ君役の班が声を合わせて叫んだ。

キツネを取り囲んだ子ども達の家は、前に横に大きく揺れてから、ウワッと一斉に飛び散った。

観客席の私は、拍手で子ども達をたたえた。

「最高！　楽しかった！」

お昼休みには、子ども達はそれぞれに紙飛行機を持って、運動場の空間を見つけ、思い切り飛ばしっこをした。

遠くまで飛ぶ子の紙飛行機を貸してもらったり、集まって紙飛行機を折っているグループもいて、たっぷりと、ゆうじ君にひたり切っている。

私は、子ども達の笑顔を追いかけながら、模型飛行機を楽しそうに飛ばしているゆうじ君を、森の中から見ているキツネの顔を思い浮かべていた。

この「そらいろのたね」の物語から、ゆうじ君とキツネを単なる善悪で感じ取るのではなく、子どもの心の片隅にもあるであろうキツネの欲望が、笑顔につながるよう育ってほしいと願いながら。

家庭訪問

（一）理恵ちゃんとお母さん

小学二年生くらいの子ども達は、自分の家にお客さんが訪ねてきてくれることがとても嬉しいようだ。

夕食時の話題でも、先生の家庭訪問はかなり盛り上がる家もあるようである。

とくに、兄弟がいると、お母さん方は先生の対応を比べて評価したくなるらしい。

先生にこんなこと言ってはダメだよ、と、親から念を押されたことほど、まだまだ二年生の子ども達は心に収めておけない可愛さがある。

休み時間になれば、子ども達は私の机のまわりによってくる。

「わこ先生、家庭訪問好き？」

智子ちゃんのあまりに唐突な質問に、思わず本音をもらしてしまった。

「苦手です。」

「えっ？　嫌なの？」

子ども達の目の食らいつきように、慌《あわ》てて首を横に振りながら立て直しを考える。

自分の小学校低学年での思い出は、小学校入学を機に引っ越してきたこともあり、友達になじめなくて、休み時間家に帰り、母親と手をつないで学校にもどっていたほどである。

午前中で授業を終え、給食をすませて、その日家庭訪問を予定している六人の子ども達と自転車をおしながら校門を出た。

両側を森に挟まれたネギ畑が続く小道を、子ども達は背中のランドセルをかたかたとゆさぶりながら走っては振り返る。なんとものどかな光景だ。

理恵ちゃんは、私のそばからはなれない。

「理恵ちゃんは、幼稚園の年長さんのとき、ここに引っ越して来たのね？」

「はい！」

私を見上げて、にこっと笑った。

その後、何か話してくれるのかなと、しばらく笑顔で待ってみたが、理恵ちゃんはそのまま黙ってしまった。

「東京のお友達とも会うことあるの？」

「はい。春休みとか、東京の友達が理恵のとこに遊びにきて、理恵が、上野動物園に行くときは、そこでみんなが集まります。」

理恵ちゃんは、質問に的確に丁寧に答える。

「お友達、理恵ちゃんのお家に来て、何か、言ってた？」

「お家もお庭も大きいし、お花もいっぱいだし、田んぼや、森もあっていいところだと言っていました。」

次から次へと、東京で住んでいたマンションのこと、幼稚園から帰ると、習い事や遊園地で遊んだことなど、いつもお友達と一緒で楽しかったことを話してくれた。

理恵ちゃんととても貴重な時間がもてている心地よさに浸りながらも、私は静かに心のアンテナをたてていた。

子どもから出てくる雰囲気や言葉には、さらりと聞き流せないその時々の何かを、提示している気がする。

田んぼ道をぬけると、舗装した広い道路にぶつかり日用品雑貨の店が見えてきた。

店の前の横断歩道を渡れば理恵ちゃんの家らしい。

店の前で先に着いた子ども達が手をふっている。私も大きく手をふった。

「わこ先生、バイバーイ！」

と、大声を出しながら子ども達はそれぞれの家に帰って行った。

道路を渡るとちょっとした空き地があった。

その奥に太くて黒っぽい木のがっしりした門があった。扉は半分開いていた。

「お城の門みたいね。」

「百年前のものらしいです。」

理恵ちゃんの大人びた説明に、ふと、この子、将来どんな仕事をするのだろう？　と思った。

その門をくぐると、こんどは石づくりの門と白壁の塀が、広い庭と瓦葺の二軒の平屋を囲んでいる。

見事に手入れされた庭の木々や花に見とれながらも、理恵ちゃんに促され玄関までのかなり長い石畳を踏んでいった。

黒光りの格子戸が開いて、お母さんが、笑顔で迎えてくれた。

「理恵は、こちらに引っ越してきてから、お友達の家に遊びにいくこともありませんし、学校でのこともなにも話してくれません。」

縁側に出された座布団に座ると、お母さんは私の目をじっと見ながら話し始めた。

「理恵ちゃんは、孤立してはいませんよ。休み時間は運動場に飛び出しますし、ドッジボールは男の子達から怖がられているくらい強いですよ。」

自分の感じた学校での理恵ちゃんのようすを、お母さんに伝えた。

「春休み、東京のお友達親子が七人も遊びにいらしたんですってね。」

お母さんは、幼稚園時代の友達や生活環境について話した。

都内の私立の小学校に進ませたかったが、跡継ぎの義弟は、今癌の末期で入院中で昨年亡くなった義母の遺言で急きょ引っ越して来たとのことだった。

理恵ちゃんの教育環境が心配でたまらないようだ。子どもの教育環境について、どのように思っているか、お母さんから尋ねられた。

「じゃ、どんな環境が最善と思いますか？」

思わずそう聞き返したかったが、言葉をのんだ。

付き合う友達、最も身近に関わる親、学校の雰囲気など、子育ての環境は改善や選択の余地はあると思う。けれども、それが完璧にできたところで、理想の子どもが育つのか。

そもそも、お母さんは、理恵ちゃんがどんな子に育ってほしいと望んでいるのだろう。

頷《うなず》きながら話を聞くうちに、思いがけなく変わってしまったご自分の生活環境に戸惑いを隠せないお母さん自身を感じてきた。

理恵ちゃんはもっている順応性とパワーで、そんなお母さんを受け止め、受け入れようと、小さな心で葛藤しているのかも知れない。

母と子のお互いの無意識のバランスを感じさせられた。

理恵ちゃんの部屋を見てほしいとのことで、広めの廊下を進むと、全体に白っぽい色彩のドアが左右にあった。待っていましたとばかり、ドアが開いた。

薄いピンクと白ですっきりと整頓された部屋。ベッドカバーから、小物入れまで、お母さんの手造りらしい。私の顔を見ては嬉しそうに飾っている写真の説明をしてくれる。

そんな理恵ちゃんから、母が娘に託す夢が伝わってくる。

理恵ちゃんは、お母さんの気持ちを察しながら、新しい環境を逞《たくま》しく乗り越えようとしていていじらしく思えた。

家庭訪問

（二）雄大君の家族

金属製の柵に囲まれた梨の白い花に魅せられながら五百メートルくらい自転車をこいだ私は、門のそばで草むしりをしていた雄大君のおばあちゃんに出会った。

ふと視線に気がつくと、母屋の廊下のガラス窓から雄大君が私に手をふっていた。

すぐにお母さんが近寄ってきてお庭の見える縁側に案内された。

するとお父さんが奥の方から出てきて挨拶を交わすや、庭先に止めていた軽トラックに肥料のようなものを積み込んで出かけて行った。

こんどは作業着姿のおじいちゃんが帰ってきた。

「みいんな、先生のことが気になるんですよ。」

お母さんはすました顔で言った。

「先生、学校でも雄大、ぽかんとしているでしょ。勉強は好きでないみたいですけど、学校に行くのは楽しいようです。時間表見て、自分でそろえられると楽なんですけど、ね。」

お母さんは雄大君がそばにいるのも構わず、宿題もつきっきりで見てはいるけど言われたとおりに書くだけと、家庭でのようすを立て続けに話してくる。

雄大君は自分のことを話しているお母さんのそばで、嫌がるでも怒るでもなく、時々照れくさそうな顔をするだけ。

ついつい雄大君を見つめてしまう私の視線に、雄大君はちょっとまた照れ笑いをする。

雄大君のあどけない笑顔に、おばあちゃんもおじいちゃんもお父さんも、それ以上の言葉が出ないのかもしれない。

そう感じた私は雄大君からも家庭の様子をもっと聞いてみたいと思った。

「雄大君は、お家でどんなお手伝いをするの？」

素早く答えたのはお母さんだった。

「雄大はぜんぜん、言うことをきかないんですよ。お殿様みたいに。」

お母さんの口調は優しくはないけれど、雄大君は全く動じない。

「忙しいお母さんに、時間割までそろえてもらって………。」

私は雄大君の肩にそっと手をのせた。「幼稚園生みたいよ。」と、思わず言いそうになってお母さんの視線を感じた。

「このように大家族で、家が忙しくて、子ども達をなかなかかまってやれなくて、サラリーマンの家庭が羨《うらや》ましいです。」

お母さんは先ほどの話し方とは違って、雄大君の方を見ながら心なしか寂しそうな顔を向けた。私は何も言えなくなってしまった。

大事な梨園の跡取りである雄大君の、我が儘《まま》とも思える行動は、お母さんの慰めともなっているのだろうか。

雄大君は、このままで大丈夫なのだろうか。

学校の成績に関係なく、雄大君は大きな梨園の跡継ぎなのだ。

学校のなかで、二年一組で、雄大君と何を目標に携わって行けばいいのか見当もつかなかった。

家庭では大将でいられる大らかさが、雄大君の長所として育まれ、自分の仕事に自信を持って生きていけるようになってほしい。

「はーい」

急にお母さんは軽く私に頭を下げ、縁側に靴を脱いで奥の部屋に走って行った。

「おおばあちゃんだ。トイレの時はいつもお母さんが連れて行くんだよ。」

雄大君は私を見ながら言った。

けれども、九十八歳の曾《ひい》おばあちゃんがお母さんを呼ぶ声は私には聞こえなかった。

何かと忘れ物も多い雄大君を思い、私はお母さんに協力してほしいことを伝えようと思った。

まずは自分で時間割表を見てそろえられるように、慣れるまで手を出さないでそばにいてあげてほしいと。

しかし、そんなお願いを口に出せる雰囲気ではなかった。

まず自分と雄大君で根気よく毎日話し合い、約束し、実行していこうと思った。

「お母さん、ぼく自分で教科書そろえられるから大丈夫だよ。」

そんな言葉にお母さんが心からにっこりできる日を思い描きながら、雄大君と目を合わせ、しっかりと握手をした。

帰り際おばあちゃんが庭に咲いているお花を切って新聞紙にくるんでくれた。私を待っていてくれたようだ。

家庭訪問

(三) 竜一君とお父さん

「せんせーい！」

竜一君が二百メートルくらい先の歩道の縁石に立って手を振っている。

「危ない！」私は叫ぶのも怖くて、自転車をとばして竜一君のそばに行き歩道に下りるように言った。

「こんなところに立っていたら危ないでしょ。見てごらん。車、けっこうスピード出しているでしょ。」

せっかく待っていてくれた、竜一君の笑顔が消えた。

「ごめんね。急に怒ったりして。ほら、このあたり道もカーブしているし、駅に急ぐ車もあるから、気をつけながら歩いてね。」

細い道に入ると、小さな踏切があり、警報機が鳴って電車が通った。

私は自転車を止め電車を見送りながら片手を竜一君の肩において言った。

「お父さん、今日は、お仕事はやく終われたのかな？」

竜一君ははにかんだ顔で見上げ、にこっと白い歯を見せて、電車が通り過ぎていくのを目で追っている。

五百メートルくらい先の駅に止まるのを確認した竜一君は、さっさと踏切をわたって振り返り、

「お父さん、先生に相談があるって言ってたよ。」

と、細い路地の突き当りにある、アパートに走った。

竜一君のところは一階の左端で、ドアが開けられていた。

仕事先から帰宅したらしく、ワイシャツにネクタイ姿のお父さんが、にこやかな物腰で迎えてくれた。

竜一君の屈託ない笑顔の原点を直感できて、緊張していた自分が解けていく。

「竜一君の素敵な笑顔、お父さん譲りだったんですね。」

「僕はよく、母の笑顔にそっくりだと、小さいころ言われていました。引き継げるのはそれくらいですかね。

竜一が二歳までは三人で茨城で暮らしていましたが、母が亡くなって竜一と二人でいろいろ考えました。その時、この近くの農家に嫁いでいる姉夫婦が声をかけてくれました。三年生の雅人は竜一と双子みたいになにかと似ているとこが多くて、六年生の華はまるで竜一の母親みたいなところがありまして、助かっています。」

お父さんはきっと、仕事におわれながらも子どもの話を誰かに聞いてもらいたかったのだろう。

ときどき大きく頷《うなず》きながら、そばにちょこんと座っている竜一君に目を向ける。

お父さんは、交通事故で足が少し不自由だった自分のお母さんが、竜一君にいろんな本を読んであげたり、折り紙を教えたり、花や野菜を育てたり、感謝しきれないと言った。

「母亡きあとは、姉を頼って、僕も自立できてなかったのかもしれません。

まあ、家族に支えられて、私は仕事が続けられ、竜一と暮らせています。

先生にはなにかと行き届かなくてご迷惑をおかけして申し訳ありません。」

竜一君のお父さんは、一気に話して深々と頭を下げた。

お父さんの話を聞きながら、私はずっと竜一くんのお母さんのことを考えていた。

ネガティブになりかけそうな自分を、私は切り替えなければと思った。

「朝、竜一君が従妹さんたちと登校しているのをよく見かけますよ。

ほんとに兄弟のようですよね。お兄ちゃんとお姉ちゃんにとても可愛がられているようで、学校でものびのびしています。」

竜一君は自分のことについて話しているお父さんと私の顔を交互に見上げながら満面の笑みだ。

「竜一、先生に自分の部屋見てもらうんだろ？　ちょっと部屋で待ってなさい。」

「うん。」

竜一君はすぐにその場を立った。

「お陰様で夕べ、掃除機をかけたりしていました。」

お父さんは、竜一君の部屋のほうを見ながら嬉しそうに言った。

竜一君への愛おしさがお父さんから伝わってくる。

居住まいを正したお父さんが、話しはじめた。

「このごろ竜一は、お金に興味を持ち始めたようなんです。」

私は、ドキッとした。あの一日が急きょ蘇ってきたのだった。

ふるえる小さな肩

竜一君が先週、教材費の千二百円を一日遅れて持ってきたときのことである。

隣の席の知代ちゃんが、竜一君の持ってきた教材費を盗んでしまったのだった。

その日――。

（千二百円、遅れて申し訳ありません。）

と、お父さんが走り書きした茶封筒を、竜一君は、私が教室に入ってくるのを待ち構えて差し出した。

「はい、ご苦労さま。」

竜一君から受け取った封筒を持って自分の机まで行った。

指先に百円硬貨の二枚がしっかりと触れる。

急いでフックをはずし封筒を覗いた。千円札が入っていない。

自分の焦っている姿を子ども達に気づかれないようにと思いつつも、手の力がぬけていくのを感じた。

教頭先生に素早く事情を話して応援を頼んだ。

「みんな、二年一組の花壇のところにいって待っていてください。

班長さん、静かに待てるようにお願いしますね！」

子ども達は、こわばった私の急な指示に少し戸惑いながらも、外に出られるのは嬉しいようだ。

「ノート、持っていかないでいいですか？」

「そうね。竜一君、ありがとう！」

「自分の蒔いた朝顔を、葉っぱや茎がどのようになっているか、よ～く観てノートに描いてください。」

私は、竜一君を呼び止めて、尋ねた。

「お父さん、お金、竜一君に見せて、この封筒に入れてくれたの？」

「うん、そうだよ。」

きっぱりと答えてみんなのなかにかけて行った。

あの時竜一君は、私が教室に入ってくると、急いで、自分の机の中を首を丸くして覗き込んでいた気がする。封筒をランドセルから出して机の中に入れて、私を待っていたのかもしれない。

私は、封筒を受け取るまでの様子を思い浮かべながら、教室の後ろの棚から、竜一君のランドセルを取り出した。

千円札が滑り出したようには思えないが、ランドセルの中のものを全部出して探してみた。次に、竜一君の隣の席の知代ちゃんの机のなかを覗いた。

「見つかってほしくない。」

と、願いつつも、知代ちゃんが教室を出るとき振り返った目が、不安を煽《あお》るように追いかけてくる。

知代ちゃんの机の中はきちんと整頓されていた。

机の中の左側は教科書とノート、右側には十二色のクレパスの箱と色鉛筆の缶ケースが重なって入っていた。

知代ちゃんは友達とおしゃべりするよりも絵を描くのが好きで、白雪姫や人形姫などそれは上手に描ける。

読んだ絵本のなかに出てくる女の子やお姫様はほとんど描けるらしい。

クレパスの箱を持ち出して、中箱を引いてみた。

四つ折りの千円札がクレパスに乗って出てきた。

お昼休み、運動場に出ている知代ちゃんと木陰の花壇の石に並んで座って話した。
「知代ちゃん、先生に話したいことある？」
知代ちゃんの肩にそっと手を乗せ、静かに問いかけた。
「ごめんなさい。」
知代ちゃんは大きな目で、私を見つめた。
知代ちゃんのぱくぱくした心臓の音がきこえてくるようで、優しく抱き寄せた。
知代ちゃんの体が小さく震えていた。
お母さんのこと、お父さんのこと、いろいろ考えているのだろう。
乗り越えなければならない知代ちゃんの大きな試練。
「知代ちゃんの机の中のものを、だまって出してみたりして、ごめんなさいね。」
しばらくの間、二人はにぎやかな運動場を眺めていた。
「隠していることがあると、いやな気持ちでしょ。
知代ちゃんは、賢いから、どんなことが良くないかわかるわよね。
悪いことと思ったら、止める強い知代ちゃんになろうね。」
知代ちゃんは、大きく頷《うなず》いた。
放課後、私は、知代ちゃんの家を訪問して事実を伝えた。

私から知代ちゃんのことを聞いたお母さんは、血の気が引いたようだった。

五年生の兄と比べながら、知代ちゃんの家庭での様子を話すお母さんに、知代ちゃん、家ではちょっと、緊張気味ですごしているのかな？　と、私は思ってしまった。

なかなか自分の考えを言えず、ただただお母さんの話を聞いていた。

「先生、なぜ知代がそんなことをしたと思われます？」

お母さんは突然、過酷な質問をしてくる。

知代ちゃんもお母さんから同じような質問をされるのではないかと不安になってきた。

知代ちゃんのお母さんとどのような話をしたらいいのだろう。

これからの知代ちゃんがよい方向に向くには、言葉遣いや内容も慎重にしなくてはと、どんどん追い詰められていく自分に気づいた。

「お母さん、知代ちゃんが『ごめんなさい。』と謝ったら、抱きしめてあげてください。」

運動場での知代ちゃんを思い出して、私は優しく語りかけた。

お母さんは、一瞬目を大きく見開いて、頭を下げた。

「私は学校で、お母さんはご家庭で、精いっぱいの愛情で知代ちゃんに接していきましょう。きっと、知代ちゃんは自信をとりもどすと思いますよ。」

子どもがいろんなことに興味を持ち始めることは喜びでもあるとともに、怖さを抱え込むことでもある。

何時、どんな時に心のバランスが崩れるのか。成長過程で出会う善悪にどのように対処していけばよいのか。その時々の対応が、子どもの将来に大きく関わってくる。子どもの周りの大人の責務を深く考えさせられた。


竜一君が、お金に興味を持ち始めたと心配するお父さんに、私は一瞬ドキッとして、ただただ、次の言葉を祈るような気持ちで待った。

竜一君が教材費のことで、なにか感じたことをお父さんに話したのだろうか。相談とはそのことだったのかと、お父さんと目を合わせられなかった。

竜一君のお父さんは、ちょっと声をおとして言った。

「机の引き出しを開けてみましたら、新しいキーホルダーが五個、カードもたくさんあるんです。

尋ねましたら、従妹にもらったりスーパーに行ったとき買ったと竜一は言います。姉には、両親そろっているわけではないので、頭ごなしに怒鳴っているとなにも話さなくなるよって脅されます。

子どもを育てるのは大変なことです。

万引きでもしているのではないかと、こんど一つずつ確認してみたほうがいいかと悩んでいます。」

私はとりあえず、ほっとした。

「お姉さんが言われるように、話しやすい関係を親子で築いていくのは大切なことだと思います。

あたりまえのことですが、真実を言うには、勇気がいるときがありますよね。

自分の行動や判断に自信がもてる、強い子どもになってほしいです。

親は親なりの理想をもっていますが、子どもはその子どもなりに成長しています。

その都度、ありったけの自分を出して真剣に向き合うしかないかなと思います。

じつは私も、子どもへの言葉かけには、帰りの電車でいつも反省させられています。」

「僕も、竜一と離れているときは、いつも反省しています。」

お父さんは苦笑いをした。

「自分が考えて好きなように使っていい小遣いとして、毎月五百円わたしています。従妹達は年上ですし、公園で遊んだときなど、一緒に駄菓子を買って食べたりするようです。

小遣いを入れた空缶を今までは机の上においていたのに、このごろは、引出しにしまっていますし。

なんども開けてみたりしているのか、硬貨を床に落としてあわててるようすも聞こえてきたりすることがあります。」

お父さんは、竜一君の家でのようすを細かく、ときどき笑顔をみせながら話した。

「ちょうど学校でも、多い、少ない、高い、安いなど、数字にいろんな言葉を含んだ文章題も算数ではでてきています。竜一君、いい感じの成長ですよ。」

「小遣いの額はどれくらいがいいのか、簡単な小遣い帳はつけさせたほうがいいのか竜一の意見も聞きながら決めていきたいと思います。」

そう言うと、竜一君の父親である幸せをかみしめているようにみえた。

竜一君が部屋から何度も顔を覗かせている。

「今度は、竜一君の言い分を聞いてきますね。」

お父さんは、深々と頭を下げた。

私は軽く会釈して、竜一君の部屋に入った。

親の愛に触れて

子ども達と出会って一カ月、一人ひとりの家庭を訪問して成長の一端を覗き、親の子どもへの無限の愛情を肌で感じさせられ、心引き締まる思いだった。

家庭訪問ではできるだけ親御さんの話を聞くつもりであったが、一対一で初対面の方々と向き合うと、さえぎるものもクッションもなく、かなり緊張した。

家庭訪問の日程が決まってからは、家でも時間の取れる範囲で何度も名簿を見た。子どもが自信を持っていること、良いところを自分なりに伝えたいと思った。楽しい有意義な時間を共有したいと思いをめぐらしてきた。

自分の感じるそれぞれの子どもの魅力は、親御さんに伝えられるだろうという妙な自負もあった。

結局、ほとんどの家庭で、自分のシミュレーションとはかけ離れた方向に話が弾んでいった気がした。

家庭訪問の一週間が終わり、新米教師の自分の言葉でがっかりしたり、傷つけたりしなかっただろうか。

勢揃いした子ども達を前に、今までとどことなく違う不思議な空気を感じた。

子ども達の後ろに横に前に、家族の姿が見えるかのような錯覚が、心細かった私に勇気をくれた。

だがまた、家庭環境が子どもの人生に大きく作用するであろうことも実感した。

自分が出会って一カ月で感じた子ども達の魅力が、この小さな集団のなかでどのように維持され、成長していくのかを思いやるとき、それは不安の種でもあり、未知への希望でもある。

頭の回転が速く明るくてお世話好きの美和ちゃんのお母さんは、親だから気づく悩みを語ってくれた。娘から聞く友達の話が何より楽しかったが、最近自分中心の作り話ではないかと疑いたくなるときがあるという。

いいところを見つけて褒めて自信をもたせようとしてきた親の対応が裏目にでてきているのではと、心配でたまらないようだ。成長過程で現実と自分の思いが重なって、親の期待に応えようとしているのだろうか。

ふと気がつくといつも一人でいる誠也君は、勉強も生活面も心配ないのだが、友達への関心はないのだろうか。

家庭訪問の時お母さんに家でのようすを聞いてみた。

中学一年生の姉は友達関係がうまくいかず、家では感情の起伏が激しくて、お母さんも手がつけられないときがあるそうだ。

姉と母親が口論していても、黙ってテレビを見ていてとても優しい子だと、お母さんは姉の大変なところばかりを愚痴ってきた。

誠也君が小学校に上がるとき、お父さんの実家の近くに家を建て、お父さんは二年前からインドネシアに建築関係で単身赴任している。

誠也君のあっけらかんとした一人ぼっちが気になってしょうがなかったが、お母さんの疲れきったようすに、ただ頷くだけで終わってしまった。

足取り重く玄関を出て、そっと誠也君の家を振り返った。

リビングのガラス窓に両手と顔を押しつけて、見送ってくれる誠也君の姿を見つけて、慌《あわ》てて大きく両手を振ってさよならをした。

ガラス越しの誠也君の顔は、なにかを語りかけているようで、後ろ髪をひかれながらその場を去った。

心に一枚の絵画のように残っている面影を振り払って誠也君を見ると、窓際の一番後ろの座席に涼しそうな顔で話を聞いている。

時々心に押し寄せてくる小さな不安は、子ども達の逞《たくま》しさにかき消され、いつのまにか細い道が見えてくる。

体のどこかに常に、子ども達の笑い声があり、ぽつんと佇《たたず》む一人の子がいたりすると、話しかけてしまいそうになる。

この小さな教室の中でさえ、一瞬一瞬の子どもの脳の働き、体の動き、心の叫びは一人ひとりしっかりと確立していて風格さえ感じるときがある。

雨で運動場に出られない子ども達は給食後小さなグループを作って、綾取り、鬼ごっこ、おしゃべり、折り紙と騒がしい中、本を読んでいる子もいる。

竜一君と武君がにこにこしながら教卓にやってきた。

「先生、おばあちゃんとも話したの？」

武君は自分の家族をどのように感じ、自分についてどのような話をしたのかとても気になるようだ。

母方のおばあちゃんと三人暮らしの武君のお母さんは看護婦さんで、その日は夜の十時出勤とのことで、私を待ち構えていた。

ほとんどおばあちゃんが面倒をみていて、父親と会うこともなく、ただ優しいだけで将来が心配と、話しながらちょっと涙ぐんだ。

その涙に私も胸が詰まったが、何とか言葉を絞りだした。

「その時々のお母さんの真剣な姿を、優しい武君はちゃんと受け止めながら成長していくと思いますよ。」

人生経験の浅い子どももいない自分の言葉が、武君のお母さんにどのように響いたのか、私は目を合わす勇気がなかった。

子どもがそばにいてもずばずばと何でも話すお母さんもいたが、先生とお話があるからと言われ、武君はリビングでテレビを見ていた。

個人的に向かい合って話してみると、親の子どもへの怖いくらいの深い愛情はどの家族にも感じさせられた。

しかし、それぞれの親の愛情表現は私の想像をはるかに超えていた。

それはまた、子ども達の未来に興味と希望を持たせてくれる貴重な経験だった。

校長先生

二年一組は、三時間目は美術専任の木庭先生、四時間目は教頭先生にお願いして、私は近くの小学校の研修授業に出かけた。

はじめて自分のクラスを留守にすることになり、なにかとっぴなことが起こりませんようにと数日前から落ちつかなかった。

研修前日、子ども達が帰った後図工室をノックした。

「たびたび、失礼します。」

「あら、ちょうどよかったわ。

どんな楽しいクラスをやっても、あなたにはかなわないし。」

木庭先生は、ふふっと肩をすぼめて笑った。

「失礼！　これは、私の母がいつも私に呟《つぶや》いている僻《ひが》み言葉なの。」

木庭先生は、三歳になる「たあくん」と言う男の子がいて、近くに住む彼女の実家の両親に預けて働いている。

「母はね、甘えんぼしたり、困らせたりと、私のそばにいるときの卓也が一番輝いている。思うようにやってくれなくても、怒られても、ママが一番！　これが、母の口癖なの。」

たあくんは、木庭先生とお母さんがいると、必ずママである木場先生の膝に飛び込んでくる。そして、誇らしげな笑顔で、おばあちゃんを見るらしい。

「私も、働きに出ていたほうが、あなた達から慕われていたかしらねぇ。なんて、母はちょくちょく、愚痴をこぼすのよ。」

木庭先生はおしゃべりしたり、笑ったりしながら、野菜などの静物画と、友達の人物画五枚をテーブルに並べた。

「これらは五年生が、同じ対象物を描いたものですが、面白いです。見たものをどう捉え、何をどのように描こうとするか。手が動き始めるまでの子ども達の心の葛藤を盗み見れるのもとても魅力的よ。描く対象に何種類かの果物を目の前におくと、二年生くらいだと、全身で自分の生活ストーリーを表現しそう！」

黙り込んでしまった私に、

「好き嫌いを追求していくのではなくて、果物との出会い。

そう、お父さんに抱っこされて自分の手でとって食べたとか。家族にまつわる思い出の果物とか。家ではめったに果物は買わないとか、友達の話を聞きながら、思い出が鮮明になってくるの。

多分一人ひとり聞いてみると、一冊の絵本の世界よ。

そこからスタートすれば、描きなぐったとしか見えない絵でも、暗い感じが気になる絵があっても、それは子どものその時点での大切なストーリーなの。」

理解できないと思ってしまっていた自分自身の問題を、素直に振り返るチャンスに巡り合えた気がした。

子ども達が懸命に仕上げたものに対する自分の評価が、育ち盛りの感性にちょこちょことブレーキをかけてしまっているのではと感じた。

「私も子ども達と一緒に、木庭先生の授業を受けたい！」

「あら、クラスの担任て、いいなと思いますよ。

子ども達のいろんな面を知りながら授業をできるんですもの。」

木庭先生と、テーブルをはさんで向かい合った。

「子ども達が帰った静かな教室で、あなたの可愛い子ども達の描きあげた絵を一枚一枚見てくださいね。」

「もちろん、楽しみにしています。」

私は木庭先生と、しっかり目を合わせて笑って、言った。

「ありがとう！

私の知っている子ども達が、私の見てないところで描いた絵を眺めながら、子どもの絵のストーリーを、こんどは、私が思い描いてみれるのね。

なんだか、楽しくなってきたわ。

そのうち、お茶でもしながら、わこ先生のストーリーを聞きたいわ。」

「こちらこそ。

ご迷惑をかけないようにとばかり思っていましたが、お陰様で子ども達にも素敵な体験になりそうです。」

「みんなで同じ果物を描くのもいいし、好きなものを各自家から持ってくるとか、いくつか方法はあります。

今回は、わこ先生が用意した果物を班ごとに選んで、お互いの顔も見える状態で、時には果物の思い出話をしながらの設定を考えてみました。

いかがでしょうか？」

木庭先生のアドバイスを思いながら、駅前の八百屋さんで、各班ごとにりんご一個、バナナ二本、そして、イチゴは多めに買った。

果物を盛るお皿や籠も用意した。

自転車で研修先の学校に向かいながら、昨夜までのあれこれの不安が消え去りなぜか心が弾んだ。

子ども達の未知の魅力への期待なのか、他の人に託せられる喜びに感謝だった。

二時間の研修を終えた私は、学校に戻るとすぐに教室へ急いだ。

「ただいまあ！」

引き戸を勢いよく開けると大きな声で言った。

「おかえりー」

のバラバラな声。

ちょうど給食を配り終わって、「いただきます。」をするところだった。

手伝ってくれていた教頭先生が、

「じゃあ、……。」

と、かるく手をあげてそそくさと教室を出て行った。

お礼も言えず、子ども達のようすも聞けず、教頭先生の後ろ姿に深く頭をさげながら、何か異和感を感じていた。

教室を見渡して、戸川くんと矢部くんがいないのにすぐに気がついた。

ほとんど同時に、教室のドアが開いた。教頭先生だった。

「あっ、あー、あの二人、校長室にいるから。」

私は、教頭先生に残ってもらって、すぐさま、校長室をノックした。

校長先生は電話中だった。

「どうも、どうも、申し訳ありませんでした。」

いつものように大きな声で、しきりに謝っていた。

受話器をおいた校長先生と目が合った。

「戸川君と矢部君はどこですか?」

「じつはですね。今朝PTA会長の柴田さんが来られましてですね。

田植えをして間もない田んぼに、小石がかなり投げ込まれていたそうです。」

「戸川君と矢部君はどこですか? それを先にお答えください!」

校長先生の落ち着き払った説明に、私は苛立ってきた。

「今ですね。花壇の草取りをしてもらっています。」

「えっ! どうしてですか?」

校長先生は、柴田さんが帰った後、六年生から二十クラス全部をまわり、田んぼに石を投げた人は正直に挙手するように聞いてまわったそうだ。

「先生のクラスの二人の男の子が手をあげました。」

「だからお昼お預けで、草取りですか！」

校長先生にもっともっと罵声をあびせたかったが、二人のことが気になった。

「後でまた来ます。とりあえず二人は教室に戻します！」

校長室を飛び出して職員室の前の花壇に行った。

額に汗をためながら、もくもくと草取りをしている小さな二人の姿。

どうしても、校長先生の罰し方には納得がいかなかった。

「さあ、手を洗って給食をいただきましょう。」

戸川君と矢部君を両脇に、二人にかける言葉もでないまま教室へ行った。

本を読むのが大好きな戸川君、走るのが学年トップの矢部君は、運動神経抜群なので石は遠くまで投げられるかもしれない。

でも、二人が大量の石を田んぼに投げ入れたとは、私には到底思えなかった。

けれど、彼らは校長先生の話を聞いて手をあげたのだ。

私は戸川君と矢部君の言い分を早く聞きたかった。

昼休みの教室は騒がしかったが、二人を呼んで三人で向かい合った。

他の子ども達は、ようすを察して近づいてこなかった。

「六年生の柴田君って、知ってる？」

「知らない。」

二人は口をそろえるように言った。

二人の家は学校から十分くらいで、帰り道の田んぼの一角にかなり広い空地がある。

そこで上級生もはいって、だれの投げた小石が一番遠くまでいくか競ったりするそうだ。ぐーんと飛んだり、逸れたりで田んぼに入ったことがあったと二人は言う。

「その空き地を通る子ども達が、ときどきにでも石を投げ入れていたら、だいぶ田んぼに石がたまるわね。

農家の人たちが一生懸命大事に作っている田んぼだもの。自分の大事なものをこわされると、悲しいでしょ。」

二人はうつむいて項垂《うなだ》れた。

校長室に連れて行かれたこと。

そして、多分無言で、校長先生から言われた花壇の草むしりの罰を、もくもくとこなしていた戸川君と矢部君……。

私は小さな二人を前にいろいろ想像していた。

その日の職員会議に話してみたいとも思ったが、自分の不在の時のことだけに切り出せなかった。

教頭先生に柴田さんの田んぼの方角を尋ねた。

「柴田さんとこに行くのかぁ？」

教頭先生の口調は優しかった。

「いいえ、お家には行きません。」

気持ちはかなり落ち着いていた。

「校長先生の話ですと、柴田さんの田んぼにそって川があるそうです。投げた石が川を越えられるか競う子ども達がいて、時にはかなりの石が田んぼに入っているそうです。

ちょっと、その辺の状況を見てきます。」

「自転車でも十五分はかかるよ。」

それ以上なにも言えない教頭先生の立場もよくわかる。でも私は、確かめずにはおれなかった。

私は、川岸に立って、対岸を眺めた。

川幅は、七～八メートルだろうか。

川に沿って、車がすれ違えるくらいのじゃり道があって、その向こうに柴田さんの田んぼが広がっている。

七～八メートルの川幅を越えて、柴田さんの田んぼにたくさんの石を投げ込むことが、二年生の二人でできたとは思えない。

中学生、高校生の姿も多く、そういえば、隣町との境にも近く、他の小学校もある。

私は、自転車をとばして学校にもどった。

校長先生は今頃、廊下を歩きながら水飲み場を覗き込んだり、教室に入って掃除道具箱を点検したりしていることだろう。

その報告を毎朝の会議で職員に言うのが、校長先生の日課の一つでもある。

校長室をノックした私は、校長先生と向かい合っていた。

「校長先生、うちのクラスの戸川君と矢部君は、会長さんの田んぼに石を投げ込んでいません。」

二人から聞いた事実と、柴田さんの田んぼに行ってみたことを、とりあえず校長先生に伝えたかった。

そして、どうして柴田さんの田んぼに石を投げ込んだのが、戸川君と矢部君だと決めたのか、校長先生に詰め寄った。

「まあまあ」

校長先生は、一方的な発言に口をはさめない。

あきれ返ったように、メガネの奥で目をしばしばさせている。

「ぼくは、全部のクラスに同じことを聞いて、先生のクラスの二人だけがさっと手をあげたんですよ。

正直に言えて、えらいと、そこで褒《ほ》めましたよ。」

「校長先生のお仕事は、そこまででいいのではないですか？

その後は私にまかせてほしかったです。

校長先生は、この学校で一番権限があるかも知れません。

でも、戸川君、矢部君は校長室に連れてこられれば、緊張してなにも言えなかったと思います。

ここで二人はどんなことを話しましたか？」

私は、筋道をたてて、校長先生と向き合うつもりだったが、いざとなると悔しさが込み上げてくる。

「給食をお預けにして、炎天下、体罰なんて考えられません。

まだ、二年生になったばかりですよ。」

そこまでは何とか言えたが、声はうわずっていた。

涙が出てきそうで、校長室を後にした。

正直に言える勇気をもって讃え、正直者は損をするなどとは夢にも思わないように、まっすぐ育ってほしい。この一件で、やることがどこか空回りをしている自分が情けない。

こんな強張った顔をして子ども達の前には立てない。

私は校長室のドアに向かって腕組みをした。

大きく息を吸って、半回転して自分の教室へ歩いた。

「私がどうしたら、稲葉先生は気がすみますか?」

校長先生のこの質問に、

「戸川君と矢部君に謝ってください。」

私は、この返答を自分の心で叫んだ。

教室の窓から見える小高い森は、稲葉学級お気に入りの場所だ。

午後の理科の時間は、ノートと筆記用具をもって、緑の葉っぱが太陽に眩《まぶ》しいこの時期、あの小さな森まで子ども達と出かけてみようと思った。

農家の庭を覗き、田んぼや畑を観察しながら、落ち葉を踏んで枝に芽吹く春を想像して見るのも楽しい学習だ。

森にこだまする子ども達の様々な声の響きを聞いてみたいと思う。

そして、自分の踏みしめた大地の変化を、子ども達が体で受け止めて、自然の恵みを優しく見守り感謝できるようになってほしい。

素敵なランチ

土曜日の午後二時、木庭先生と私は、遅めのランチをすることになった。

木庭先生の車で三十分、市街を通り抜けると手賀沼が見えてきた。

「休みの日は子どもを連れてこの辺にはよく来るのよ。

明治時代、志賀直哉や武者小路実篤など十人くらいの文豪が、この沼をボートで行き来していたなんて……。

それなのに、残念ですよね。

人間の創れない自然環境は、生きるものにとっては絶対的なものと思います。

志賀直哉邸跡に移築された茶室風書斎が以前はこの道路から見えていたのですが、周りのマンションに隠れてしまいました。」

木庭先生の無念さが伝わってくるが、思いを言葉にできなくて歯がゆかった。

「結局は市民一人ひとりの考えの結果なんでしょうけどね。

私も、思うだけでなにも行動してないんですものね。」

木庭先生は、ぼそぼそっと独り言のように呟《つぶや》いた。

私はとっさに言った。

「先生、たあくんに、より豊かなふるさとをと？」

木庭先生は、私をちらっと見て笑顔になって話し続けた。

「そう、きっかけは親としてね。

休みの日は公園に連れて行ったり、図書館で一緒に興味のありそうな本をさがして読んで、時にはプラネタリウムに宇宙を感じてもらいたいと思ったり、親は子どもに無限の広がりを求めてしまうのかしら。

公園の遊具が取り外されているので、新しく付け替えるのかしらと子どもと楽しみに待っていると、結局は古めのものがすべて撤去。

公園の遊具で子どもの事故のニュースがながれると、点検、修理を飛び越えて撤去となるのは、愛用していた子どもにとってはかなり理解しがたい人生の初体験なの。」

「確かに……。」

私は大きく頷いた。

「自然の良さを維持していくのは、新しいものを作るより、確かに大変ですね。

でも、人間が人間を解決できないことがあるように、自然は自然でしか果たせない本来的なものってありますよね。

えっ、これって変な言いまわし？」

二人は大笑いした。

手賀沼沿いを走って、ウサギやリスがひょっこり現れてきそうな小さな森のなかの道を上って行った。

武者小路実篤邸跡に建てられたという緑の木々に囲まれたレストランらしい建物が見えてきた。

心地よい揺れを感じながら丸太で組まれた小道を歩いて、木庭先生は高い扉のドアを力強く押した。

店内はほぼうまって十席くらいのテーブルがうまく窓際によりそっている。

私は、はじめてだったが、受付の女の子は木庭先生と談笑しながら二人を予約席へと案内した。

椅子に座ると囲まれた緑の間から木漏れ日がほどよく差し込んで気分を落ち着かせてくれる。

「入り組んだところでしょう。母の実家が近いんですよ。」

木庭先生はメニューを見ながら、

「季節限定のランチにしましょうか？」

校長先生とのことがあってから、私はまわりの雰囲気の違いを感じていた。

きっと、それを気遣ってくれてランチに誘ってくれたのだろうと思った。

木庭先生の心遣いがとても嬉しかった。

「今日はね、母と卓也はお友達のところに夕食によばれたの。

十分くらいですが、電車に乗れるので卓也は大喜びなの。

それにね、そのお友達というのが、私の中学時代の同級生のお母様なの。

お孫さんは四歳の女の子で、半年くらい前、母がデパートでひょっこり会って、ときどき公園とかで待ち合わせて孫たちを遊ばせながらおしゃべりしているみたい。

その方も近くに住む娘さんが働き出して、お孫さんを預かっているのですって。

ひょんなことから、人間関係って復活したり広がったり……。」

聞き入っていると、

「ごめんなさい。私ってここに来ると、おしゃべり過多になるみたい。」

木庭先生は肩をすぼめた。

大きなプレートに彩りよく並べられたランチが二人のテーブルに運ばれてきた。

すぐさま、黒いエプロンをした恰幅の良い女将らしき人がやってきた。

食材の産地、作り方、食べ方など二人の顔を交互に見ながら説明した。

「ごゆっくりどうぞ。」

と、にこやかな笑顔をつくって戻って行った。

「すごいこだわりと自信ですね。」

私はそっと木庭先生に耳打ちした。

「うっとうしがる人もいるようですけど、私は彼女が好き。

さあ、いただきましょ。」

美味しそうに食べている木庭先生を盗み見しながら、まだまだ知らない魅力が見えてくるようだった。

たあくんをとりこにしているママ。

女性として、妻としての魅力。

両親を生き生きさせている娘。

臨機応変のさり気ない判断力と行動力、性格の明るさは、女性の生き方として、木庭先生を羨《うらや》ましく思った。

「先生の幼少時代のお話を聞きたいです。

低学年を受け持っていますと、ご両親とお話しする機会も多く、親子の関係の深さを痛感します。

言葉遣いや考え方がお母さんとそっくりでびっくりすることもあれば、逆に反対に感じて戸惑うこともあります。

子どもにとっては日常の家庭生活も、自分なりの体験として表現できるまでには紆余曲《うよきょく》折《せつ》があるのでしょうね。

親や友達の愛を無心に受け入れられる素直な可愛さに安心しきっていると、急に反抗してくるパワーが出てきたりする。

親子でどうすることもできないような時期もあったりしながら、それが成長の証なのでしょうか。

子ども同士が喧嘩したとき、間に入って両方の意見を聞きますが、一律に解決できないことの方が多いです。

お互い同じラインに立つ二年生として、厳しいジャッジをしなければならないときもあります。

納得してもらえなくて、お昼休みに無断で自宅に帰った女の子がいました。

私の右往左往する姿を子ども達にさらけ出してしまい落ち込みました。

学級委員ができるくらいしっかり自分の考えをもった……、だから許せなかったのでしょう。私の言葉では納得してもらえませんでした。

自分の力不足から、子ども達もすっきりできなくて申し訳ないなと思いながら、待ったなしの毎日の積み重ねは、思えば怖いです。」

新米教師としての数ヵ月のくすぶりを、私は一気に話し始めた。

木庭先生は私の愚痴に合槌をいれながら美味しそうに食事を楽しんでいる。

「私、子どもが欲しくて三年くらい不妊治療をしました。」

木庭先生は箸を止め、ゆっくりと目を合わせた。

「彼は父親を戦争でなくし、母一人子一人でがんばってきたみたい。

表面だったもめごとはありませんでしたが、不妊の治療をしてくれていたお医者さんから、なにか仕事をしてみたらどうかと言われました。

そんなことがあってからか、自分自身に急に目覚めたんです。」

二人はしばらく黙った。

ドアについているベルの音色がまろやかに響いた。

数人の客が出て行ったようだ。

「あのベルの音、私達入るとき聴きました？」

「私、勢いよく開けたから、気がつかなかったわ。

このソラマメのスープおかわりしたいわ。わこ先生いかが？」

「えっ？　できるんですか？」

「できなくはないと思うけど冗談よ。わこ先生、真面目。」

木庭先生は、胸のうちを見抜いているかのようにすべてをさりげなく受け止めてくれる。

「自分も子どもを持つ親であれば、感じ方も受け止め方も違うかなと思うこともあります。

特に母親の子どもへの愛情の深さ、強さには恐れすら感じることがありますよ。

それだけわが子に真剣になれる、命をかけて守れる母子関係。

私が子どもを産めないコンプレックスからでしょうか………。」

いつしか封印した自分の過去に自然に向き合えているのが不思議だった。

「美味しいお料理が……ごめんなさい。木庭先生。」

「わこ先生の子どもに向き合う感性はすごいわ。

盲目の愛も貶《けな》せない一面があると思います。けれど、親子関係は十人十色、その時々の出会いや出来事があって豊かなバランスを育ててくれるように思います。

小学校の担任の先生って、一日の八時間くらいべったりなわけでしょ。

偏りがちな母親からお願いします。

大きさと広さと、強さと温かさ、そして柔軟性をもって子どもに接していただければ嬉しい限りです。」

木庭先生はおちゃめに笑って深々と頭を下げた。

「明日、校長先生に辞職願だすわ。」

二人は顔を見合わせて爆笑した。

給食時の子ども達の顔

白いキャップにスモックを着た給食当番の子ども達五人がかいがいしく動いている。

テーブルを並べる子、布巾を持って拭く子、教室の戸が開いて、先生と給食当番の子達が大事そうにみんなの給食を運んできた。

給食は班ごとに向かい合って食べる。

食器を並べたトレイをかかえて並んでいるときの、子ども達のそれぞれの表情を眺めながら思わず、くすっと笑ってしまうことがある。

お腹がすいてたまらない子。

自分の嫌いなのがあるか、確かめたそうな子と、好きな食べ物を見つけた子。

ところが、そういう私を観察している子もいるのだ。

「先生、何がおかしいの？」

鋭い美和ちゃんにまたしても心のなかを見透かされて真顔で答えた。

「だって、食べ物に向かっているときのみんなの集中力を、なんとかお勉強にも生かしてもらえないかなって考えていたら……。」

「な〜んだ、笑うことじゃないのに、変なの。」

数人の子ども達が笑って、私を見た。

美和ちゃんなりの納得ができたのか、すぐさま料理をよそっている給食当番の方に目をやった。そんな美和ちゃんの心移りも、興味深いし可愛いのだった。

大好きな食べ物があって、苦手なものもちょこちょこはいっている給食には、挑戦するチャンスがある。

好きなメニューではなかったり、初めての食材にはとても慎重な子もいるが、目の前で友達が美味しそうに食べているとつられて食べられることもある。

食べたい意欲、食べる楽しさ、日々の積み重ねが心と体の成長に及ぼす大きさは計り知れないと、自分をふりかえり強く思う。

突然熱を出して遠足に行けなかったり、運動会は見学だったり、自分の小学校低学年時代は、思えば母と一緒の病院通いが心に残っている。

その時の緊張した顔の自分がいやなのになおせない。

自分のコンプレックスは思いがけないところで露出する。

教員採用試験の面接の朝、福岡の母から電話があった。

「昨日ね、お父さんとペアで、県のゲートボール大会で優勝したんよ。二人とも出足から調子よくってかえって緊張したけど、温泉旅行のチケットもらったんよ。あなたもきっといいことある気がするよ。

今日は特に、楽しいことを思ったり、思い出したりしながら出かけてね！」

母は一方的にしゃべって電話を切った。

ところがその日面接官から、自分の長所と短所を聞かれた。

「人相が悪いとよく言われます。」

と、答えてしまった。

四人の面接官がどっと笑った。

せめて愛想がよくないくらいに言えればよかったのにと、耐えられない日が続いた。

採用通知がくるまでは、家に引きこもった。

自分ではどうすることもできない心の闇を感じた。

子ども達と接するようになってからは、大きな声で掛け声をかけたり、歓声をあげたり、笑ったりの自然体が自分にできていることがとても嬉しく思う。

いろいろ迷い、考え、やらなければならないことが山積みでも、真正面から向き合える緊張感と心地良さを感じるのは何だろう。

改めて子ども達からの偉大なプレゼントに感謝しなければと思う。

目に見えないところで、形成されていく人格。

子どもを取り巻く大人の責任の大事さを思うとき、給食時間のおしゃべりや笑顔は気負わない子ども達の姿をたっぷりと見せてくれる。

もくもくと食べる雄大君。

おしゃべりでなかなか食が進まない美和ちゃん。

ちょっとずつ食べる智子ちゃんはいつも食べ終わるのが最後。

炊き込みご飯ややきそばなどは入っている具を確認しながら口にいれる要君。

嫌いなピーマンを目をつむって食べている洋平君。

一皿ずつきれいにさっさと食べてしまう理恵ちゃん。

友達が食べたり、しゃべったりするのを、ほんわか見ていてなかなかはかどらない知代ちゃんは、最後は涙ぐんで飲み込もうとする。

洋平くん智子ちゃんは、家では野菜類がなかなか食べられなくてお母さんもとても心配している。

担任になってしばらくは自分の机で食べながら、子ども達の様子を眺めていたが、班におしかけて一緒に食べることにした。

「一人ぼっちで食べるのは寂しいので、明日はどの班かにお邪魔します。」

そのことを子ども達に伝えると、歓迎の拍手のなかに、「ええっ」と言うブーイングも聞こえてきた。

どの班にいくかは給食のメニューを見たりしながら、「いただきます！」の直前に移動することにした。

「一班から順番にしてください。」

竜一君が言った。

「こんどは六班からがいいよ。」

すかさず一班の雅子ちゃんが言った。

「洋平君、明日三班にお邪魔してもいいかしら？」

私の急な指名に、真面目な洋平君はちょっとうろたえた。

洋平君の偏食をお母さんはこぼしていたが、学校ではほとんど残さず食べている。

「まあ、いいですけど……。」

洋平君らしい返答だ。

「ありがとう！　洋平君。初めから断られたらどうしようってびくびくしていたの。」

私は、給食のときの洋平君がとても気になっていた。

友達ともほとんど話さず、トレイに並んだ料理を真剣に見ながら、時には、目をつむるようにして口に運んでいる。

本人は美味しく食しているのか、食べるときの癖なのだろうか。

給食が苦痛に思う子はいないのか、もっと身近でさり気なく様子を知りたいと思った。

あるとき、人気のある揚げパン、牛乳、鮭のムニエル、野菜スープ、杏仁豆腐のメニューを絵に描いて黒板に貼った。

残さず食べる必要性を子ども達と考えてみたかった。

竜一君が手をあげて質問した。

「エンジンもかからないで、力もなくなって、血が栄養を運ばなくなったら、死にますか？」

「そうねぇ、毎日のお食事をちゃんと食べてないと、病気になったり、栄養失調になってやせ細って動けなくなってしまいますよ。」

少し脅しすぎたかなと反省した。

「茨城のおじいちゃんは、栄養がなくなってしまって入院して死んだんだよ。」

竜一君の言葉に教室はシーンとなった。

私は、楽しくしっかり食べてほしい願いをこめて、子ども達に話しかけたのに、食事前の大事な雰囲気を凍らせてしまった。

洋平君も食事のとき、毎日お母さんから栄養の大切さをそばで言われているのかもしれないと、ふっと家庭訪問を思い出した。

お父さんは弁護士で忙しくて、子育ては自分に任され気が重いとなげいていた洋平君のお母さん。両親が細いので洋平君はもっと逞《たくま》しくなってほしいと食事にはとても気を配って食材も取り寄せたりするらしい。

家庭訪問でほとんどが食べ物の話というのも珍しく、印象に残っていた。

一人っ子の洋平君はお母さんと二人の食事がほとんどのようだ。

逃げ場のない洋平君が、学校でもと考えると、どんなにバランスのとれた栄養食を用意したとはいえ、まずは、受け入れる態勢があっての話でなければならないのに。

大人は、どれほど子どもの笑顔と意欲を消していっているのだろうと、逃げられない子ども達の顔を思い描いてしまうのだった。

幼児の執着心と魅力

夏休みも終わりのある日、私は木庭先生宅に招待された。

新しい家が建ち並ぶ一角に、コンクリート作りの白壁の家がすぐ目についた。

白い格子の洋窓がおしゃれで、シンボルツリーのミモザの葉っぱがたれさがり、その下にバラが五、六本、レンガで縁取りされてすっきりした庭だった。

木庭先生と玄関に出てきた卓也君は、聞いていた通りのとても恥ずかしがり屋さんだ。

隠れるようにママのスカートをぎゅっとにぎって、私をにらむように見ている。

ママを虜《とりこ》にし、悩ませている「たあくん」に初めて会って、どんな言葉かけをしたらいいのか戸惑った。

「こんにちは、たくやくん！」

と、笑顔を向けたが、卓也君はにこりともしない。

ちらっ、ちらっと、目を合わせないように観察されているのをひしひしと感じた。

「こんな時の、魔法の言葉ってあります？」

木庭先生に救いを求めた。

「自然に解凍するのを待つのみです。」

さらりとした答えだった。

リビングの真ん中には、一メートル四方にレールが敷かれ、踏切やトンネルなどが配置されて、色とりどりの電車が走っていた。

卓也君は、見てほしいのか、連結して走らせたり止めたりしながら、私にときどき目を向けている。卓也君のそばに行った。

「きいろいせんがはいっているでんしゃは、なにけいか、しってる？」

卓也君が、覗き込んで聞いてきた。

「えっ？　総武線って、答えでは駄目なのかな？」

卓也君は、私を見上げて、小さな両手で×をした。

「ブブー。おしえてあげようか？」

と、私を焦《じ》らして、自信たっぷりに言った。

「いーにいさんいちけい、でした！」

「参りました！」

私は卓也君に頭を下げた。

木庭先生が、生産農家で作ったと言う桃のジュースのはいったボトルとコップをトレイにのせて運んできた。

形も模様も違う素敵なガラスのコップを、三個並べてジュースを注ぎはじめた。

電車を走らせては見せにきていた卓也君が、テーブルにしっかりと両手をついて満たされていくコップを見つめている。

「まあ、よく冷えてて美味しそう！　卓也君は、どれがいいの？」

選べる権利を得たとばかり、三個のコップに目を移しながら卓也君は真剣だ。

「いやあね。どれも同じくらいよ。」

木庭先生は、私に目くばせをした。

「たあくんは、このお星さまのコップがお気に入りでしょ。」

と言いながら、木庭先生はそれぞれの前にコップをおいた。

突然、卓也君が泣き出して、木庭先生の腕をたたき始めた。

「このごろ、よくあることなの。ごめんなさい。

たあくん、四歳になったら、もっとおりこうになるって、ママ楽しみにしていたのに、ね。悲しいな。」

目の前の親子のひっぱくした光景はなんとも羨《うらや》ましいかぎりだった。親子の愛情の奥底が伝わってくる。

コップ一杯のジュースで、こんなに真剣に向き合える。

そんなことが日々数えきれないのだろうと思いながらも、卓也君を完璧応援したくなってきた。

「たあくん、すごいねぇ。

どのコップにたあくんの大好きな桃のジュースがたくさん入っているのかな?

ママ、上手にジュース入れたから、わこ先生も、わかんないな。

ほら、たあくん三つ並べて、よ～く見て。

どれが一番多いかしらね、　教えてほしいな。」

ともかく泣きじゃくる卓也君に声をかけ続けた。

「じゃんけんして、勝った人から好きなのをいただくようにしようか？」

卓也君はすかっと泣き止んで、ママを見上げた。

三人でじゃんけんをして、勝った卓也君は好きなコップを選んだ。

結局は、木庭先生が私に差し出したコップを自分の前においた。

小学校二年生の算数で扱う、数量関係と図形の基礎は、幼児期のこんなやりとりで育っていくのかもしれないと納得させられた。

コップの深さ、コップの直径、ジュースの量を総合的に捉える卓也くんの観察力に感心してしまった。

真剣に見極める目。

手がつけられないくらい泣きじゃくった顔。

自分で結論をだしてにっこりと満足気な表情。

それは、自分のクラスの子ども達にもほしいエネルギーだと、四歳と七歳の違いに興味を感じた。

卓也君のお土産に持ってきたミニチュアの動物たち十個は、透明なビニール袋に入れられてバッグのなかで出番を待っていた。

「ねえたあくん、可愛い動物さんたちと遊んでくれる？」

「いいよ！　どこにいるの？」

「たあくんとあそびたいどうぶつさん！　でてこーい。」

卓也君は瞬きもせずに目を見開いて首を大きく左右にゆっくりと動かしながら、あたりの様子を警戒している。

私はその無邪気な姿に見とれてしまった。

その可愛さをもうしばらく眺めていたかった。

「どこに～　いるのかな？」

卓也くんは、ぼそりと呟《つぶや》いて少し前かがみの姿勢で探し始めた。

罪なことをしている自分に気が付き、慌《あわ》ててバッグから袋を取り出した。

「ほら、ここですよ！」

後ろを振り返った卓也くんは飛び込むように袋をつかんだ。

袋の中のきりん、象、パンダ、トラ、牛、ヤギ、ヒツジ、カメ、熊、犬、猫などの小さい動物達を卓也君は床に並べ始めた。

「まあ、よくできているわね！」

木庭先生は近寄ってきてまじまじと見て感心し、触ろうとして、卓也くんから手を払いのけられた。

「まあ、いじわる。よほど気に入ったのね。

わこ先生、動物園にあるの？」

「いつごろから集め始めたかは忘れましたけど、実家には百個くらいありました。

夏休み三日ほど帰った時、ふと思い出して机の引き出しを開けてみました。

動物達が揃って私の方を見てくれているようで……。

涙がポローンと出ました。

一生懸命頑張っているけど、歯車が回っていない新米教師ですね。

今は、ホームルームで時々この子達に助けてもらっています。

班ごとに十体ほど渡して、その中から好きな動物を各自が選びます。

じゃんけんで決めたりしていることもありますね。

十分ほど動物になってお喋《しゃべ》りし合うんです。

六人のグループですと、『今日の給食について』とか、テーマがあったほうが話しやすいようですね。

そのうち自分達から議題提起できたらと思いますけど、心を軽くして帰ってほしいとやってみているところです。

動物同士喧嘩をさせたり、手荒な子もいますけど、『私の大事な子どもなのにー』と叫びますと、びっくり顔で止めてくれます。」

卓也君も私の声にびっくりして、二人を交互に見上げた。

「たあくん、トラになる！　ママは？」

二人は思わず目を合わせた。無心に動物をいじって遊んでいた卓也君だが、ストーリーがしっかりと理解できていたのだ。

ママはカメになり私は犬になって、卓也君の大切な模型電車を見せてもらう設定で三人は動き始めた。

トラさんはさっさと目的地に着いた。

のろのろ歩きのカメさんを心配した犬さんは、

「トラさーん、もう少し待ってくださーい。」

と、なんども声かけをしている。

中間地点で前を見たり後ろを振り返ったりで、私は忙しさを楽しんだ。

早く電車の説明をしたいトラさんはちょっとイライラ気味。

木庭先生は卓也君に待てる優しさをギリギリのところで調整しているようだ。

木庭先生がお昼を作ってくれる間に、卓也君の好きな踏切が近くにあるというので連れて行ってもらった。

「あっ、くだりのでんしゃ、くるよ。」

電車の来る方を瞬きもせず見つめている。

卓也君が言い始めたと同時くらいに、踏切の鐘が鳴りだした。

その耳の正確さに私はびっくりした。

「キンコンカンコン」となっている間中、卓也君は体を前後にふってリズムを楽しみ、電車のくる方角から片時も目をはなさない。

上り二本、下り二本、およそ三十分近く、踏切のそばで葉っぱを摘んだり、草むらのヒメジオンの花を集めたり、おしゃべりをしながら過ごした。

「わこ　せんせ、こんどは、かしわいきが　くるよ。」

遊びながらも、十分という間隔をつかんでいる。

遮断機が下りた。卓也君と手をつないだ。電車が近づいてきた。

「手をふってみよう！」

卓也君の手をつないだまま、空いた手を左右に大きくふった。

卓也君も真似をして、ジャンプしながら精いっぱい片手をふった。

車掌さんの白い手袋が見えた。

帰り道、家の前の道路から見えなくなるまで、大きな声で、「バイバイ」を繰り返していた卓也君の響きが全身に伝わってきて爽快な気分だった。

止めようもないあの泣きじゃくった卓也君の顔から覗くキラキラした目が浮かんできて、私は笑ってしまった。

周りの様子をすばやくとらえながらも、あたりかまわず体全体で自分の意志を貫きとおそうとする幼児期。

その発想や感性、集中力は、算数、理科、社会、図工、体育、音楽、国語、そして、道徳を学ぶ立場に成長していく子どもの大事な宝物になる。

卓也君の豊かな表情に何度もほほ笑みをくりかえしながら帰りの電車に乗り込んだ。


私が一番の友達なのに……


職員室で帰りの支度をしていると加奈ちゃんのお母さんが入ってきた。

「お電話しようか？　なにも言わないでいようかと迷ったのですが……。」

加奈ちゃんのお母さんは、私のそばに来ると、小さな声で言った。

「加奈が眞子ちゃんに、傘の先で顔をつつかれたんです。」

「えっ、加奈ちゃんの怪我は？」

「加奈は大丈夫です。眉毛の下がちょっと赤くなっているくらいで。」

焦る気持ちをおさえながら急いで窓際に椅子を二脚並べた。

「どうぞ、おかけください。」

「加奈はいつものように、女の子四人の仲良しで学校から帰っていたのですが、信号をわたったところで、眞子ちゃんにいきなり……。

眞子ちゃんの家は近くでしたし、そのまま、走って帰ったそうです。

雅子ちゃんと萌奈ちゃんが、加奈を両脇で支えて家まで連れてきてくれました。」

話し終えたお母さんは、疲れ切ったようすで椅子に座りこんだ。

「加奈ちゃん、目のほうは大丈夫でしょうか？」

私は再度確認した。

「加奈はショックのようで、なにも話しません。幸い怪我はたいしたことがなかったのですが……。

家も近くですし、幼稚園も一緒で、眞子ちゃんがどう思っているのか、私も眞子ちゃんのお母さんに会った時、自分でどうしたらいいのか……と。」

駅前の商店街で、加奈ちゃんのとこは本屋さん、両親がクリーニング屋さんで忙しい眞子ちゃんは二歳の弟をお母さんのように面倒をみていると評判なのに。

いい関係をとりもどしていくにはどうしたらいいのだろう。

頭の中は、加奈ちゃん、眞子ちゃんと、二人のお母さん方の顔が押し寄せてくる。目の前の加奈ちゃんのお母さんにも言葉を選ぼうと意識しすぎてぎこちなくなっていた。

そんな私を、加奈ちゃんのお母さんはすがるような目で見ている。

「加奈ちゃんに会いたいので、帰りに、お家にちょっと寄らせてください。」

とっさにでた言葉だった。

「よろしくお願いします。」

お母さんは、深々と頭を下げた。

お母さんが帰った後、とりあえず、早めに加奈ちゃんと眞子ちゃんから直接話を聞いてみなければと思った。

眞子ちゃんの家に電話をした。

「眞子ちゃん、お友達のこと、なにか言ってましたか?」

「いいえ、なにも聞いていません。」

眞子ちゃんのお母さんは、お店の雑音で聞き取りにくいのか、大きな声できっぱりと答えて、さらに大きく、

「まこ！　まこ！」と、呼んでいる。

「先生から電話！」

電話の向こうに眞子ちゃんの気配を感じた。

「もしもし、眞子ちゃん？」

「はい。」

か細い眞子ちゃんの声だった。

「あの〜。」

私はちょっと間を待った。

「加奈ちゃんのことが、心配なの？」

「はい。」

「加奈ちゃんとこれからもお友達でいたいでしょ？」

「はい。」

眞子ちゃんのやっと聞き取れるくらいの返事に、

「今までのように仲良くできるように、一緒に考えてみましょうね。

後でちょっと、眞子ちゃんとこに寄っていいかな？　眞子ちゃんのお母さんにはその時お話しするから、大丈夫よ。いい？」

「はい、いいです。」

私は自転車をこぎながら、まず、加奈ちゃんの様子を見て、話を聞いて、それから眞子ちゃんの家に行った。

どうして、ずーっとお友達の加奈ちゃんを傘でつついてしまったのか、良い方向に開けていくように向き合わなければと考えた。

加奈ちゃんは落ち着いていた。

お互いの親よりも、眞子ちゃんのいろんな面を知っているからだろうか。

私は加奈ちゃんの頭を軽くなでた。

眞子ちゃんのお母さんは、私の訪問にびっくりしたようだったが、下校時のことを伝えると、

「まあ、すみません。加奈ちゃんはよく遊んでくれるのに。

先生、今から加奈ちゃんとこに　眞子と謝りに行ってきます。」

心配顔で、仕事場からあがってきた眞子ちゃんのお父さんに弟を預けて、三人は加奈ちゃんの家に出向いた。

明日の朝も、加奈ちゃんと眞子ちゃんが一緒に登校してくれるようにと願いながら、夜道に自転車をとばした。

翌朝、すがすがしい気分で職員室に入ると、

「いじめの初期兆候ですかね……。」

二組の美川先生が、私が机につくのを待って話しかけてきた。

「後藤健と、五年生の兄が、他の子もいて、追っかけっこをしながら吉本浩太を、下校途中側溝につき落として膝をすりむかせてしまったらしいんです。

昨夜、僕、家に帰ってから、クラス委員の真野さんから電話をもらって知ったんですよ。」

「えっ、先生のクラスでも？」

昨日のできごとを、美川先生に話した。

「眞子ちゃんは加奈ちゃんとはいつも一緒に行動していたのに、二年生になって、二人の友達が加わったんです。

四人での登下校は、眞子ちゃんにとっては寂しかったみたいです。

加奈ちゃんはいつもにこにこしていて、友達の話をとても楽しそうに聞いている。

一年生くらいまでは、母親やそれまでの環境で友だち関係ができてますが、だんだん自我の芽生えが成長してきて、自分自身の感性で友達も意識するようになります。

子どもの大事な成長ともいえるでしょうが、その個人差がこれからもいろんな形で出てくるのでしょうか……。」

「そういえば、二年生になってはじめての懇談会の時、言ってたなあ……。

（うちの子は浩太君と幼稚園のときから一緒で、浩太君を尊敬してるみたいです。）なんて、健のお母さんが真面目に言ったんです。

みんな一瞬、しんとなって笑いも出たことがありましたね。

さあ、がんばろう！　子ども達の人間関係も辛辣《しんらつ》ですね。」

美川先生は両手で机をパンとたたいて立ち上がり、教室へ向かった。

三週間の入院

夕食の買い物をすませて団地の階段を上ると、故郷にいるはずの母親が、持ってきた布製の大きな袋に腰を下ろして待っていることがある。

なんの連絡もなく、こんな光景が一年に三〜四回あった。

時に寝台車であったり、特急の乗継ぎをしたりで、そんな母親のパワーにいつも圧倒される。

私がこの三年間でかなり痩せたことが母にはとても気になるらしい。

そんな母からの説得もあって、冬休み福岡の実家に帰ることになった。

朝十時に家を出て飛行機と電車を乗継いで、日豊線の築城駅に着くのは夕方の五時すぎとなる。

その小さな駅のたった一つの改札口から身を乗り出して、列車の到着を待ち侘《わ》びている母にいつものように走り寄る。

車を温めて待っている父親は、私が車に近づくと、

「おう、お帰り！」

と、満面の優しさでスーツケースをトランクに運び込む。

二人が一週間かけて、去年四国札所巡りをしたと従妹から聞いていた。

結婚して七年、不妊治療の甲斐もなく子どもに恵まれない私を、口にできないくらい両親は心配している。

二年ぶりの実家の和室に布団を敷いた私のもとへ、母親が布袋にいれた湯たんぽをかかえてきた。

「懐かしい、その袋！」

「そう、昔々のアルミの湯たんぽよ。」

母と娘は時折笑いながら昔話を続ける。

あくる朝、さっそく、一山越えたところにある、叔父の医院に連れて行かれた。

小さいころから病弱だった私と、どこかいつも具合のすぐれない母は毎週のように叔父の診察を受けていた。

そして母屋で叔母とお茶をしながらおしゃべりして帰っていた。

久しぶりの医院の待合室を見渡しながら、思い出せば、医院帰りの母は、饒舌《じょうぜつ》で明るかったような気がした。

「このままだと千葉に帰してもらえなくなるかも知れないから、ここでできる検査はやってみようかね。」

と、叔父は苦笑いをした。

私は七度三分の微熱が続いていることもあり、一日休んで次の日は、母に隣町の婦人科に連れて行かれた。

自然流産で炎症をおこした熱ではないかと、限られた帰省期間ということもあり、入院して様子をみることになった。

けれども微熱はなかなか引かず、結局、三学期の始業式には学校に戻れなかった。後十日は入院ということになり、まさか、自分が入院して学校を休むとは、ショックであり、焦りもあった。

「体の健康が第一ですからね。

クラスのことは、心配しないで大丈夫ですよ。」

電話から伝わる校長先生の落ち着いた口調が、ベッドに横たわっている私の耳元からはなれない。

いろんな先生方がスケジュールをやりくりして、二年一組の教壇に立ってくれている。そんな二年一組の子ども達を思い描きながら、自分の心臓の音が大きく聞こえてきて、力が抜けていく。

自分ではどうすることもできない虚しさを痛感した。

全てを素直に受け止められる自分にならなければと、なんども自分に言い聞かせながら、涙が出てきて止まらなかった。

思ったより早く平熱になったが、帰省から入院となり、結局一週間おくれの三学期がスタートした。

親友と別れの時

三週間ぶりに、子ども達と過ごした教室で一人になった私は、今まで感じたことのない子ども達の温もりを体感していた。

何も変わっていないと思いたいけれど、子ども達が下校してしまった後の教室は、どこか心細さを感じて落ち着かなかった。

教室の掲示物を見渡しぼんやりと眺めてみる。

教頭先生が指導してくれた、書初めの、「新年」は字のバランスが難しくて、一枚ずつ目をやりながら子ども達の真剣に取り組んだ顔を思い浮かべていた。

「お邪魔してもいいですか？」

木庭先生が入ってきた。

「どうぞ、一休みしたいなと思っていたところです。」

教室のなかほどで焚いていたストーブをはさんで、子ども用の椅子を出した。

「子ども達がいないと、このストーブだけでは寒いでしょ。」

木庭先生は、温かい缶コーヒーを差し出しながら、向かい合せに座った。

「今日は子ども達と久しぶりに一緒にすごせてとても楽しかったです。でも、自分がここにいるのが、不思議な気もします。」

「退院したばかりの長旅だもの、無理しないでね。」

木庭先生は少し笑みを浮かべて、コーヒー缶の蓋を引っ張った。

コーヒーを飲む静かでゆったりとした時間のなかで、二人は笑顔を交わした。

「私、この三月で退職しようと思って。」

木庭先生の突然の言葉に、握っていたコーヒー缶からコーヒーがとびだした。

「わこ先生のせいだと思いますけど……。」

床にこぼれたコーヒーをティッシュでふき取ってくれながら、落ち着き払った言葉で私を見上げた。

いつもの悪戯《いたずら》っぽさにどことなく安堵《あんど》を感じながらも、全くの冗談ではない気迫が伝わってきた。

「十年はがんばるつもりでしたが、卓也の虜《とりこ》になってしまいました！なんて、大げさですけど、全くの嘘でもないんです。」

そういえば、木庭先生の旦那さんが昨年の九月からアメリカに転勤になって、冬休みには卓也君と遊びに行った話は聞いていた。

「私、今、卓也と『数』にこだわっているの。

きっかけは、卓也と動物園に行ったとき、『ママ、ペンギンさんが二つ泳いでいるよ。』って大きな声で私を手招きしたの。

私は一瞬、ペンギンはどう数えるんだろうと考えてしまったわ。

急いで説明の看板を読んだの。

『ペンギン目ペンギン科の鳥の総称』とありました。ペンギンは、一羽二羽なんですね。

その後、卓也に引っ張られて、ちょっと数えきれないくらいのフラミンゴがいるところに行きました。

『ほら、あの一本足で赤い羽をきれいに広げているフラミンゴは、一羽だけぽつんと離れて、どうしたのかしらね？』

私の言葉に卓也はそのフラミンゴを指さしながら、『二つの足で立ってるよ。』と言うのです。『ほんと、二本足だね。』と私は言い直したの。

それから、いろんな動物を見るたびに、私はかなり数え方を意識して、卓也と見て回りました。

はっと気がついたのですが、私って、数に対して少し敏感になりすぎているかなって。ゆとりがないでしょ。

せっかく楽しんでいるわが子に親の押しつけですよね。」

「卓也君のママですもの。

そんな時もあっていいと思いますよ。」

いつもの木庭先生との違いはなんだろう、大きな決断の表れなのかしらと、現実を受け止めなければならない自分が心細くなってきた。

「わこ先生は、たくさんの子ども達を受け持っているのに、一人ひとり、よ～くみて子どもが話しやすい雰囲気を大事にしているのが、よくわかるわ。

私は子どもに接するあなたを思い出しながら、自分にできることを考えたの。

卓也と絵を描きながら、いろんなお話をするようにしたら、とても楽しいらしくていろんな質問をしてくるの。

いっこの飴、一本の鉛筆、一切れのカステラ、一粒のお米、一匹の犬、一杯の水、一頭の馬、一羽のにわとり。

一センチ、一グラム、数字の「一」にもたくさんの意味があるって。

二人で気づいたのよ。

数字って、どんな大きな数も、増えたり減ったりも、分けたり倍数になったりもゼロから九までの数字の組み合わせで発展していくでしょ。

関心を持ち始めたこの時期に、山に行って、川に入って、海の波をかぶって。

卓也の笑い声をお互いに体に刻み込ませておきたいと思うの。」

子どもの未来を見据えた母親の深い愛。

考えぬいた木庭先生の人生の大きなターニングポイント。

私は、思いがけない話に、なにも言葉が出てこなかった。

どんな時も、木庭先生と話すと気分が落ち着いていた。

いつものポンポンと弾む会話で、なんども前向きにしてくれた。

「いつかは、絵本を描いてみたい夢もあるの。」

ぽつりと言って、木庭先生は窓のほうに目を移して話し続けた。

「夫のいるバージニア州は、ワシントンＤＣにも近くて、とても住むのにもいいとこらしいの。これもチャンスかなと思ったの。」

木庭先生の話が遠くに聴こえて頷《うなず》くのが精いっぱいだった。

そして力が抜けていく自分を、コーヒー缶を両手で握りしめながら支えていた。

算数研修授業「水のかさ」

私は、算数のモデル授業をやらなければならなくなった。教育委員会や他の学校からも先生達が参加して、授業の進め方や、子ども達の理解度を見ながら、算数指導の研修をするのだ。

校長先生は言った。

「稲葉先生、指導書にあまりとらわれないで、先生のアイディアを生かして、クラスの子ども達に合った取組でやってみてもいいですよ。」

二年生の算数は、長さ、かさ、時計、図形、グラフ、掛け算など、数字は子ども達の生活の周りに身近に接しているところが題材となっている。

実態を直視し、考え、判断して結論に導いていく。

数字に単位が必要となり、式や法則ができていく、そのプロセスを体験することで数字への興味を育んでほしい。

そう考えると題材の「水のかさ」も、子ども達の日常に身近であり楽しめるパワーをもって取り組める授業にできるかも知れない。

＊水のかさに関心を持つ。

＊水のかさの比較を考える。

＊水のかさの正確さを確認するためにはどのようにするか。

この一カ月、研修授業のためのいろんな試案をしていた。

放課後の静かな廊下で自分の足音を耳にしながら、木庭先生の図工室へ向かった。

「子ども達への語りかけに、内容がない、深さがない、愛がない？」

私は木庭先生とおしゃべりしているとき、ついつい、助けを求めてよくこの言葉を投げかける。

「子どもの遊びには、しっかりしたテーマが成り立っているのよね。

隠れん坊は見つけられないように息をひそめて隠れている子ども達、必死で探し出そうとする鬼役。

ドッジボールでも枠の外の子どもは逃げ惑う敵を時には連携プレイで狙っていく。

子どもが楽しく集中している遊びは、ぶれがちょっともないんですね。」

木庭先生は、首を左右に振りながら、笑いながら言った。

「そこを、なんとか授業に生かしたい！　私達のテーマね。」

私は、木庭先生と卓也君を思い出していた。

形も色もそして大きさもちょっと違ったコップを見極めていた四歳の卓也くん。

可愛いだけではない子どもが秘めている真の力を感じさせてくれた。

研修当日の三時間目、二年一組の教室の後ろには十人くらいの先生達が、授業の始まるのを待っている。

「気をつけ！　礼。」

良太君の号令も声は大きいけれど緊張感が伝わってくる。

子ども達の着席を見極めて、私は問いかけた。

「昨日は風も強くすごい雨でしたね。

今月もあと二日で終わりですが、一日に降った雨の量が一か月分の雨の量より多いこともたまにあるらしいです。

昨日の雨はどうだったのでしょう？」

「へぇ〜。」

数人の子どもの声が聞こえ、みんなは窓の方を見た。

緊張しているのか何事もなかったかのように、すぐに私の言葉を待った。

「突然の質問ですが、今朝、牛乳を飲んできた人、手をあげてください。」

五人が元気に手をあげた。

「だれが一番たくさん飲んできたのか、聞いてみましょうか？」

ふと気が付くと、誠也君だけは外の方を見たままだった。

子ども達はざわめいた。

「なにか、質問がありますか？」

清治君が周りを見ながらゆっくりと手をあげた。

「みんなと一緒に飲んでないから、誰がたくさん飲んだかわからないと思います。」

「さんせーい。」

子ども達は、わが意を得たりと顔がほころんだ。

私はボール箱の中から四個のコップを取り出した。

「わかりました。では、今度はみなさんの目の前で決めていただきましょう。

ここにあるコップには、①、②、③、④と番号が貼ってありますね。

そして、この大きなやかんにはお水がたっぷり入っています。

たくさんお水が入る順に並び替えてください。」

十人くらいの子ども達が手をあげた。

まもなく、半分の子ども達は手をおろした。

「じゃあ、竜一君、前に出てきて、並べ替えてくれますか?」

竜一君は、にこにこしながら、さっと、二と三を入れ替えた。

「ええー。」

と、数人の子ども達から、ブーイングがでた。

「はい!」

と、美和ちゃんが元気に手をあげた。

「①のコップは一番小さくて、④のコップはとても大きいので、見ただけですぐにわかります。
②は高さが、③の二倍くらいです。でも③のコップは、太いです。
だから量ってみないとわからないと思います。」

私は、並べられた異なった容量のコップを前に、今までの子ども達の生活体験が刺激されていることを感じていた。

いつもながらの美和ちゃんの説き伏せるような説明に、迷路に入っていた子ども達は一瞬姿勢を正した。

「量る」ということにいきつくまでには、子ども達はもう少し時間がかかると思っていた。

「量る」ということが、二年生の子ども達にどれくらい認識されているのかと思いつつ、投げかける適切な言葉が浮かんでこなかった。

「今、美和ちゃんから、『量ってみないとわからない』という意見がでました。みなさんは、どうですか？」

「さんせい！」

「いいです。」

子ども達は、もう物事が解決したかのような雰囲気になった。

「では、②と③のコップのどちらにたくさん水が入るかを調べるにはどうしたらよいかを、班ごとに意見を出し合ってみましょうか。」

今日の課題「水のかさ」の導入として、水のかさを量るには、デシリットルのますを使うところまで進みたいと考えていた。

数人の先生達が、班をまわりながら子ども達の話し合いに耳を傾けていた。

「では、班ごとに話し合いの結果を発表してもらいましょう。」

二班からは誠也君が自ら発表をかってでた。

「水の容量を比べるだけだったら、例えば②のコップに水を満杯にして、それを③のコップに入れます。水がこぼれたら②の方がたくさん入ることです。」

一瞬みんなは、ぽかんとしてしまった。

するとすばやく三班を代表して、洋平君が自信たっぷりに説明した。

「誠也君の方法だと、こぼれたりしてどれだけたくさんの水が入るか比べにくいと思います。まず、②と③のコップを並べます。

それから①のコップを使って、同じに水をいれて、何杯入ったかで比べます。」

「さんせい！」

と、拍手がおこった。

「じゃあ、ここにあるものを使って実験してもらおうかな？」

私の提案に六班がすばやく手をあげた。

六班は、先ほどの話し合いのときに、具体的な実験の段階まで話がはずんでいた。

六人の子ども達は、にこにこしながら前に出てきた。

美和ちゃんの指示で、六人は位置についた。

二人は水の入っている大きなやかんの取っ手を持った。
②と③のコップの後ろに一人ずつ立って、後の二人は、①のコップをやかんの近くに運びしっかりと支えた。
やがて①のコップに水が注がれ、満杯になって②のコップに、③のコップにも同じよう

に慎重に注がれた。

「一杯！」
②のコップ担当の武君と③のコップの健太君が、気合の入った大きな声で人差し指をみんなの前に突き出した。
教室に笑いがおこった。

緊張していた教室の雰囲気をがらりと変えた。
②と③のコップに水が注がれる度に、二人のカウントは笑いをさそった。
「②のコップはちょうど三杯です。」

武君がにこにこしながら言った。

健太君も③のコップに三杯目の水を入れた。

「ああ……まだ入るよ。」

と、数人の子ども達の声。

健太君は四杯目の水を③のコップに用心深く注ぎ始めたが、

「こぼれる！」

と、途中で止めた。

美和ちゃんはさっと健太君の持っているコップを受けとった。

「結局③のコップが②のよりこの分だけ多く水が入りました。」

と、量りに使ったコップの空の部分を指しながら結果を報告した。

子ども達は、一番容量の多いコップを確認することと、大まかなその差を突き止めた。

「六班のみなさん、ご苦労様でした。

素晴らしいチームワークで、すごい実験を見せてくれました。」

大きな拍手に満足して、六人は席に戻った。

「みんなの知恵を出し合って、一番容量の大きいコップを確かめることができました。

実験を見ていて、何か気がついたことはありませんか?」

同じ容器を使って量る大きなポイントに子ども達がたどり着いた。

次に、どうしたら正確な水のかさを知ることが出来るか。

量るにも、なにか単位があったほうがいいのではと、推測してほしかった。

子ども達には私の質問の意図するところが伝わらなかった。

「みなさん、前に『長さ』の勉強をしましたね。

鉛筆から、廊下の長さまで測ってみました。

健太君は、お正月におばあちゃんのお家に行ったときは、柱に一メートル物差で身長を測ってマジックペンで書き込んでいると話してくれましたね。」

「はい！　はい！」

加奈ちゃんがしきりにアピールする。

「家でホットケーキを焼くときはいつも、私が計量カップで牛乳を量るので、それを使うといいと思います。」

私は「計量カップ」という言葉がでたことに驚いた。

加奈ちゃんは、健太君↓　おばあちゃん↓　一メートル物差し↓　自分の家族↓　お母さん↓　計量カップにと、光の伝達速度のような素早さでつながっていったのだろうか。

私は、机の下からデシリットルのますを取り出して、その単位の書き方を黒板に書いた。

「そうですね。水のかさを量るときには、このような『ます』を使います。」

「初めからそれで量ったら、すぐにわかったのに。」

竜一君は、ちょっと不満気だった。

「じゃあ、今日は楽しい宿題をだします。

お家の冷蔵庫に入っている、ペットボトル、牛乳パックなどには、その量と品物についての説明が書かれたラベルが貼ってあります。

何が、どんな入れ物に、どのくらい入っているか調べて書いてきてください。

わざわざ、お買いものに行ったりしないでいいですからね。」

次の算数の授業では、容器に入る水の量を数字で正確にだすことができるだろう。

言葉も態度もいつもの自分になりきれてない気恥ずかしさを感じながら、初めての研修授業は終わった。

後日研修授業を見学してくれた先生方のアンケートに目を通した。

生き生きした授業態度は伝わったようだが、理解力のある子には回り道すぎる。

子ども達が勉強というより遊んでいる感覚に見えたなど、新米だったからこそできた授業だったかもしれない。

「水のかさ」の単元の授業を終え、理解度を知るためのテストをした。

ところが驚くほど全員が高得点だった。

少し勇気がわいてきた私は授業を振り返ってみた。

子ども達にとっての「算数」は学校の授業としての一教科である。

導入に雨量の話をしたとき、じっと外を見たままだった誠也君は、お父さんのお土産の雨量計が頭に浮かんできたのではないだろうか。

軒下においていた筒型の小さな雨量計を見たことを、私も思い出していた。

問いかけに関心を持つ、観察する、水のかさを比べる、理解する、今までの生活体験からどれくらい連想できるか。

慣れ親しんだ仲間と、水を量ったり、移したり、比べたりは、持っている感覚をすべて活用させながらの授業参加であった。

彼等の積んできた資質をいかに引き出して学習に活かせたか。

異なる生活環境故の個性の集団は、お互いを刺激し合える宝のはず。

思いがけない子ども達の発言や質問は、新米教師をあたふたさせながらも活気ある授業展開に導いてくれたのかもしれない。

わこ先生の転任

私は校長室にいた。

校長先生の目を見ることができなかった。

「せめてもう一年はこの学校にいたいです。」

私の精一杯のひとことに校長先生はなにも言わなかった。

ちょうど電話がかかってきた。校長先生は受話器を取り上げ、大きな目で私を覗き込むようにして、くるっと運動場のほうを向いて話し始めた。

もうすでに来年度も同じ学校で働きたい旨、私は伝えていた。

校長先生は、私の体を第一に考え、通いやすい小学校に変わったほうがいいのではと提案してくれたのだった。

バスと電車そして自転車でおよそ一時間かかるが、自ら新設校を希望してきただけに、一年で転任はあまりに無責任な気がする。

しかし、体をこわしてまた休んだりすれば、もっと無責任になる……。

先日、放課後の教員室で、ストーブをかこみながら木庭先生とおしゃべりしているときだった。

先輩の女性の先生が三人分のお茶をいれてもってきてくれた。

「もうすっかり体のほうは大丈夫ですか？」

「あっ、橋田先生、いろいろご迷惑をおかけしました。お世話になりました。お陰様で大丈夫です。」

橋田先生は、六年生の学年主任であり、職員のなかでは最年長でその体型からも貫禄があった。

教頭先生と教務主任に意見をされているのを見たこともある私は、橋田先生を真正面にして緊張した。

問われるままに、母のこと、田舎町の小さな医院での入院の様子などを話した。

「今度、先生がおめでたと知ったら、お母様は生まれてくるまで入院しなさいって言われるかも知れませんよ。」

橋田先生は鼈甲《べっこう》色の丸い縁取りのメガネを両手でちょっと持ちあげて、私の様子を伺うように言った。

「母のことですから、あり得ることかも知れません。」

私は、木庭先生と顔を見合わせた。

もしかして、橋田先生は校長先生から頼まれて、いろいろ状況を聞いてきたのだったのかもしれないと勘ぐってみた。

自分が登校できなかった一週間は、他の先生方が時間表をやりくりして何とか授業をこなしてくれた。

毎日朝と昼休みは、クラスのお母さん達が二人ずつ教室に来てくれた。

お昼休みは子ども達に本も読んでくれた。

「先生にはなれませんが、先生が日頃なさっていた真似らしきことを親でできることがあればと、みなさんと相談してやらせていただきました。」

クラスの役員をしている横田さんの言葉を聞いて、たくさんの方々の支えがあって自分の仕事が出来ていることを痛感した。

感謝をこめて、心新たに意欲を高めていた時だっただけに、とっさには校長先生の好意を受け止めることができなかった。

ゆっくりと考えてはいられない時期であることも十分承知しているだけに、校長室を飛び出すこともできなかった。

本質的なことはなにも変わるわけではない、自分自身の考え方ひとつだとは思う。

今の状況下では、自分がどうあるべきか、そんなに迷うことではないかもしれないと、少しずつ落ち着いていくのを感じた。

「校長先生、よろしくお願いします。」

受話器をおいた校長先生にお辞儀をして、そのまま私はしばらく頭を上げることが出来なかった。

「そうか……。」

校長先生の静かな言葉を背に、木庭先生の図工室をノックした。

「同じものを描いても同じ絵って一枚もないでしょ。面白いわよね。」

図工室の机一杯に並べられた子ども達の作品を、木庭先生は愛おしく眺めていた。

「ほら、このリンゴの色、どんなことを考えながらこの赤とも紫とも緑ともいえない色のリンゴを描いたのでしょう。

その子に思いをはせると楽しくなって時間を忘れるわ。

一枚一枚の絵の子どもがどんなふうに大人になっていくか、緻密《ちみつ》に追跡していきたい衝動にかられるわよね。

絶対できないことだけど、私の憧れでした！」

木庭先生は持っていた絵を机に戻して、両手をかかげ「ギブアップ」のポーズをした。

私もつられて、両手をあげてしてしまった。

二人の笑い声が静かな図工室に響いて、お互いに顔を見合わせてまた笑った。

玉手箱の中の評価

私はようやく出来上がったガリ版刷りの文集と通知表を前に、教室の窓からぼんやりと日が陰り始めた運動場を眺めていた。

一年前の新品の遊具も北風に運ばれた落ち葉とすっかり馴染んで、貫禄さえ感じさせる。

一年間を共にした子ども達とこの学校と、僅《わず》か一年で別れなければならなくなり、重い十字架を背負わせられた気分だった。

子ども達の評価を保護者に伝える学期末通知表の作成を三度体験して、なにかと考えることが多かった。

通知表をつけるにあたっては、ペーパーテストの点数は、親も子どもも指導者も事実として受け止めなければならない。

一学期の通知表ではあまり感じなかったが、長い時間を子ども達と共有していくうちに、点数で割り切れない難しい窮地に追い込まれることが多くなった。

例えば、風景も人物も、りんごでさえも暗い感じに仕上げる幸樹君を、「何故だろう?」と悩みながら、一学期の図工は一番低い評価をつけた。

心に何か問題があるのかと、美術専攻の木庭先生にも相談してみた。

お父さんは単身赴任で、小五と中二の姉とのおしゃべりにつられて笑ったりするがあまり話さない。

何を考えているのか気がかりだと、家庭訪問のときお母さんは心配していた。

絵の形はだんだん整ってくるが、色彩はほとんど一学期と変わらない。

ある時私は、懸命にリンゴの色付けをしている幸樹君につい訊いてしまった。

「幸樹君の描いたリンゴは、新しい品種かな？」

「最初ね、青を塗って、緑を塗ってみて、黄色を塗って、最後に赤を塗るんだよ。」

生き生きとした顔で説明してくれた。

描く対象物を見たとき、見ながら幸樹君が必要とする色を感じていくのだろうか。友達の絵と比較するわけでもなく、自信に満ちたその様子を思うたびに、評価の基準が分からなくなる。

ペンを置いて時計を眺めて秒針を追っかけて時間が過ぎていくこともあった。

評価してしまう自分は幸樹君にとって何者だろうか。

子どもは大人の見抜けないところでも逞《たくま》しく育つけど、母親は子どものつらい体験はいつまでも忘れられないのだろうか。要君のお母さんを思い出す。

幼稚園年長の運動会でのことを、家庭訪問で挨拶を交わすや堰《せき》を切るように話してきたのだった。

要君が跳び箱を跳ぶときに、さっと先生が二段に下げたことが可哀そうだったと。

要君の練習をよく知っている先生からみれば、三段で躊躇するより、二段ですっきり跳べたほうがいいと判断したのだろうか。

お母さんの真剣な話しぶりに少し圧倒されながら、跳べる、跳べない以前の信頼関係を誠実に育む大切さを教わった気がした。

体育の跳び箱の時は、要君の嫌な思いを引きずらないようにと意識した。

一年生のときの評価を見ると、体育は要君の得意科目のようだったので、特別な配慮はしなくなった。

友達に続いて元気よく跳べる要君は、いつの間にか自力でお母さんの心配をこえて逞しくなっていったのだ。

要君の通知表の評価の一行に、「跳び箱が力強く高く跳べた」ことを書いた。

子どもの成長と共に生活環境も変わり、指導者も変わる。

順応性豊かな子ども達の体と心の逞しさを、私は何度となく体感できた。

子ども達が自分の道を見つけるまでには、いつ、どんなことがきっかけになって成長していくか計り知れない。

出会っている一瞬をお互い大切にしていきたいと教えられた。

子ども達のそれぞれの玉手箱を、大事に見守って力を貸してあげられるときがちょっとでも実感できれば、それは私にとっての宝箱になると思う。

終業式の朝の教室で

終業式当日、私は二年一組のあの教室で子ども達と過ごせる時間を、少しでも多くと、学校に着くと教室へ急いだ。

二年一組の担任になって間もなく、校長先生から草むしりの罰を言い渡された戸川君と矢部君のことは、自分がそばにいてあげられなかっただけに、ずっと心にくすぶっていた。元気に変わりない二人であったが、彼らの心の影になっているのではないかと常に気づかっていた。

戸川君は読書感想文で県の優秀賞をとることができた。

全校集会で校長先生から表彰状を受け取るときに、「素晴らしい感想文だったね。」と壇上で声をかけられたと、お母さんに話したと聞いた。

矢部君は、運動会の地区対抗リレーで最後の六番でバトンを受けて、三年生の選手に渡すときは一番だった。

運動会の最後の盛り上がる種目だったので、会場は大拍手だった。教室に戻ると、矢部君が私のところにそっとよってきた。

「校長先生が、走るの速いね！　って言ったよ。」

そう言うと彼は走って席についた。

校長先生は矢部君を覚えてくれていたのだろうか？

矢部君の追い抜きが見事で目立ったから声をかけたのだろうか？

その時は、素直に喜びを矢部君と分かち合うのを忘れるくらいの驚きだった。

新米教師の怖さ知らずが、私を押してくれたと思いたい。

走馬燈のように浮かび上がってくる子ども達に思いをはせながら、「二年一組稲葉学級」の表札を見上げて教室に入った。

教卓のまわりには女の子たちが五人集まって何かを覗き込んでいる。

真ん中には、口紅のスティックとファンデーションケースがおいてあった。

「わこ先生、智ちゃんがもってきたんだよ。つけてみて！」

雅子ちゃんは、楽しいショーの始まりとばかり、はりきって私のほうに化粧品を両手でおしてきた。

「まあ、智子ちゃん、お母さんのを持ってきたの？」

「うん、でも、ママは怒らないから大丈夫。」

智子ちゃんは、にこにこと嬉しそうに言った。

智子ちゃんのお母さんは、幼稚園の先生で、クルクルした大きな目と可愛い笑顔はそっくりだ。

智子ちゃんの髪は、ポニーテールであったり、ある時は三つ編みにといつも可愛く仕上げている。つけるリボンも日々違っている。

慌《あわ》ただしい朝のほんのりとしたママと娘の風景を想像する。

今朝の智子ちゃんとお母さんとの会話がそっくり聞こえてきそうな気がした。

「わこ先生、今日お化粧をしてきたの？　お洋服もかわいいよ。」

雅子ちゃんが、まじまじと顔を覗き込む。

「恥ずかしいな。そんなに見ないでください！」

体育の時間が終わると、子ども達に並んで、手と顔を水道水でじゃぶじゃぶ洗っていた私を、女の子達は何気に気になっていたのだろうか。

賑《にぎ》やかな女の子たちの会話につられてか、竜一君、信二君、良太君がちょっと照れくさそうにやってきた。

「先生、今度は何年生を受け持つの？　お母さんは三年生はクラス替えがあるからわこ先生に当たる確率は低いって言ってたよ。」

「信二君のお母さんの予想はすごいね。」

自分の体が固まっていく、涙が出そう、なんとか笑顔でここは乗り切らなくては！

そこへとことこと、おっとり萌奈ちゃんが雅子ちゃんの隣に入ってきた。

さっと私の前に薄いピンク色の小さな封書を差し出した。

私はドキッとして、一瞬慌てて、萌奈ちゃんを凝視してしまった。

萌奈ちゃんはお父さんの仕事の関係で、北海道の学校から二学期に転校してきた。

お母さんはピアノの先生の仕事を始めたいと、実家の近くに家を建てた。

ある日、朝の職員会議が始まろうとしたときに、萌奈ちゃんのお父さんから電話がかかってきた。

朝、目を覚ました萌奈ちゃんが、隣に寝ていたお母さんの死に気が付いたという。

しばらく休んで学校に来るようにはなったが、萌奈ちゃんの笑顔が消え自分から声を出さなくなった。

朝出欠を調べるときも、「片瀬萌奈さん」と呼んでも、口はかすかに動いているようだが、一カ月くらいは声が出なかった。

萌奈ちゃんの顔を見るたびに、小さな心をどんなに痛めているのだろうとつい自分の顔が陰ってしまっていた。

特に意識しないで萌奈ちゃんに接しられるようになっていただけに、この時期、萌奈ちゃんの手紙を見て胸騒ぎがしてきた。

ところが萌奈ちゃんは涼しげな顔で落ち着き払っている。

「萌奈ちゃん、先生に、お手紙書いてきたの？

先生早く読んでみて。」

雅子ちゃんはその封書を裏返して、開けるように私を促した。

萌奈ちゃんはにこにこしながら雅子ちゃんの様子を見ている。

「あら、（お家で読んでください。）って書いてあるわよ。」

封じ目にはハートのシールが貼られていた。

「萌奈ちゃん、じゃあお家に帰ってから読むね。ありがと。」

私はちょっと大げさに、萌奈ちゃんの封書をスーツのポケットに仕舞い込んで何もなかったかのような顔をした。

「今度、私も先生にお手紙書いてくるね。」

雅子ちゃんはしっかり私に念を押して、智子ちゃんと萌奈ちゃんの手をとって席にもどって行った。

ゆっくり時間をかけて、声をかけて、一人ひとりに通知表と、一番の思い出を書いたガリ版刷りの文集を渡した。

「さよなら！　さようなら……。」

元気いっぱいの子ども達が教室を去って行く。

私は手を振りながら一人ひとりに、「ありがとう！」を心で叫び続けた。

わさわさと賑やかだった教室の窓ガラスを、春風がたたいていく。

今朝、教卓のまわりではしゃいでいた子ども達も、あっけらかんと手を振って、友達とおしゃべりしながら出て行った。

私は気になっていた萌奈ちゃんの手紙をポケットから取り出した。

シールをはがして封筒の中を覗くと、ピンクのリボンで閉じた小さな二つ折りの手紙があった。そっと開いた。

「わこ先生へ　先生は私のお母さんみたいです。萌奈より」

私は暫くの間、萌奈ちゃんの手紙を見つめていた。

受け入れることのできないお母さんとの別れは、日々どんなに萌奈ちゃんを悲しませたことだろう。

それまでのお母さんの無償の愛情が、他人からの愛を気持ちよく受け止められる成長につながっていると思った。我慢していた涙が溢れてきた。

初めて教壇から子ども達と対面した時、三十八人の神妙な目が一斉に自分に向いて直立不動の私は一瞬頭が真っ白になった。

だが、一人ひとりの子ども達の、それまでに受けた大きな愛情を信じて、大切に寄り添っていくしかないと覚悟した。

あれから一年、転校生の萌奈ちゃんが加わって三十九人の眩しい笑顔にしっかりと向き合うことができるようになった。

子ども達には次へのステップの貴重な成長があった一年間だったと確信したい。

「二年一組稲葉学級」の子ども達と過ごした走馬燈は、くすぶっていた私に消えることのない光を灯してくれた。

おわり

熱血わこ先生！

作者の永尾さんは、お若いとき実際に小学校で先生をされていたと聞きました。その体験が見事に昇華されたこの小説で、稲葉学級の子どもたちは元気よく跳ね回り、いたずらをしでかしています。私も小学校で授業をすることがありますが、そのリアルさには脱帽です。子どもたちの体温が伝わってくるような物語です。

わこ先生は真剣に子ども達と向き合い、悩み、格闘しています。仕事を淡々とこなすだけの教師も多い今日この頃ですが「こんな先生が実際にいてくれたら」と思った読者は、おそらく私一人ではないでしょう。

子どもたちの処分が腑に落ちず、わこ先生が校長室へ文句を言いに乗りこんでいくシーンは圧巻ですね。新米の教師が校長に対してここまで言うなんて！　若さゆえ、とはいいながら、拝読していて気持ちがスカッとしました。

また、わこ先生を見守る人たちも丁寧に描かれています。わこ先生のパワーに巻き込まれていく木庭先生、娘の不妊を心配する両親。物語が単に学校内の出来事に留まるのではなく、周囲に発展し、複合的、立体的に組み立てられているのです。

こうして稲葉学級の担任として奮闘した一年。最後の萌奈ちゃんからの手紙は、この作品のすべてを象徴していて、感動的でした。

永尾さんの思いが詰まった作品が、こんなにすばらしい一冊にまとめあげられたことに、心から拍手を贈りたいと思います。

高橋うらら（作家）

あとがき

永尾　和子

還暦を迎えたころの私は、孫の姿に過ぎし子育てを懐かしみながら、ソファでうたた寝という長閑な日々でしたが、それもつかの間、夫の介護が始まりました。

寝不足の朝、ふっと見上げた真っ青な空に細切れの雲が勢いよく動きだし、人生節目の一つの窓からのように、子ども達と走り回った新設小学校の運動場が見えました。

教室のざわめきの中から話し声が聞こえ、甲高い笑い声まで耳元に響いてきます。

二年一組の教室でピカピカの机を前に整列した子ども達の目が一斉に私に注がれたあの瞬間は、体が宙に浮きました。

四十年前の子ども達との出会いは、子育てをしながら国際結婚をした教え子と英語塾をはじめた私にとって、いろんな国のたくさんの人達との交流とともに、私の宝箱になりました。

幼児期から高校生になってまで、毎週のように母に付き添われて叔父の医院に寄ってからの通学が当たり前だった私の夢は、子どものいない叔父夫婦を喜ばせるため、医学部に進学することでした。

進路決定の間際、母は私に平凡な女性の幸せを望んだのか、気が狂ったように医学部への進学に反対しました。

子ども達との出会いで、子を想う親のその時々の精いっぱいの真剣さに接し、驚くほど様々で、怖いほどの愛の深さを思い知らされました。

パソコンに眠っていた「二年一組永尾学級」の想い出の記録を読み返し、私の生きる指針を示唆してくれた僅か三年間の小学校教員時代にタイムスリップしてみました。

高橋先生のクラスでは、薄れかけた記憶で、「二年一組稲葉（旧姓）学級」として持ち込んでコメントをいただきました。こうして出版にこぎ着けましたことを感謝いたします。

銀の鈴社の西野社長さんは、佐助庵をつつむ鶯の囀りの中、朝から日が暮れるまで校正に付き合っていただきました。心からお礼申し上げます。

永尾　和子

1940年　福岡生まれ
1958年　福岡県立築上西高卒業
1961年　八幡製鉄所病院高等看護学院卒業
1968年　玉川大学文学部教育学科（通信教育）修了
1969年～1971年　千葉県柏市立小学校教員
1973年～2013年　ネイティブと英会話教室を始める。アメリカ、カナダ、オーストラリアへの留学生のサポート、引率に関わる。
2012年～　高橋うらら講師「楽しいエッセイ教室」で受講中
2016年　『カリヨンを聞くふたり　ゆれ動くアラフォーの心』（銀の鈴社）を上梓。

NDC 913
神奈川　銀の鈴社　2018
160頁　18.8cm（二年一組 稲葉学級　わこ先生と子ども達）

銀鈴叢書

2018年７月16日初版発行
本体2,000円＋税

二年一組 稲葉学級
わこ先生と子ども達

著　　者　永尾和子©
発 行 者　柴崎聡・西野真由美
編集発行　㈱銀の鈴社 TEL 0467-61-1930　FAX 0467-61-1931
〒248-0017　神奈川県鎌倉市佐助1-10-22佐助庵
http://www.ginsuzu.com
E-mail info@ginsuzu.com

ISBN978-4-86618-039-7 C0093
落丁・乱丁本はお取り替え致します

印　刷　電算印刷
製　本　渋谷文泉閣

●永尾和子の世界●

カリヨンを聞くふたり

ゆれ動くアラフォーの心

四六判　128ページ
定価：本体2,000＋税

英語教材会社の社員として、順調にキャリアを積んできた主人公の紀子は、43歳の誕生日を前に、ふと立ち止まって人生のゆくえを考える。

最愛の家族の突然の死が続き、精神のバランスを欠いてしまった母の、突然の自死。

そして偶然再会した男性・三谷への複雑な想い。

心に迷いと傷を抱えながらも前へ進む決意をし、留学のため向かったイギリスの小さな町コッツウォルズ、ストラトフォード・アポン・エイボンやベルギーのブルージュなどの美しい風景や人々が、紀子をやさしく包み込むように支え、新しい一歩へと導いてゆく。